蒋述卓　主编

七色光海外华文散文丛书

波西米亚的夜晚

THE NIGHT
IN BOHEMIA

THE
NIGHT
IN
BOHEMIA

老木　著

南方出版传媒

花城出版社

中国·广州

图书在版编目（CIP）数据

波西米亚的夜晚 / 老木著. -- 广州 ：花城出版社，
2017.11
（"七色光"海外华文散文丛书 / 蒋述卓主编）
ISBN 978-7-5360-8431-5

Ⅰ. ①波… Ⅱ. ①老… Ⅲ. ①散文集－中国－当代
Ⅳ. ①I267

中国版本图书馆CIP数据核字(2017)第214411号

出 版 人：詹秀敏
责任编辑：欧阳蘅　蔡　安　李珊珊
技术编辑：薛伟民　凌春梅
封面设计：张红霞

书　　名　波西米亚的夜晚
　　　　　BO XI MI YA DE YE WAN
出版发行　花城出版社
　　　　　（广州市环市东路水荫路11号）
经　　销　全国新华书店
印　　刷　佛山市浩文彩色印刷有限公司
　　　　　（广东省佛山市南海区狮山科技工业园A区）
开　　本　787毫米×1092毫米　16开
印　　张　12.75　2插页
字　　数　137,000字
版　　次　2017年11月第1版　2017年11月第1次印刷
定　　价　46.80元

如发现印装质量问题，请直接与印刷厂联系调换。
购书热线：020－37604658　37602954
花城出版社网站：http://www.fcph.com.cn

生活需要快乐，需要美，更需要思考。

人生需要学习，需要努力，更需要感悟。

生命的悟性涵养，成就生命的格局，是生命存续状态的基础和取之不尽的源泉。

总序　　心的宽广与光的斑斓

蒋述卓

　　多年来，在海内外侨界与华人社区中流传着这样的一句话，"凡有海水的地方就有华人"。尤其是进入20世纪80年代以来，随着改革开放的步伐，出现了更多的华人移民。如今，可以说，四海五洲凡有人居住之地，几乎都有华人的身影，而只要有华人居住与扎根的地方，就会有华文文学生长的契机与土壤。

　　从美国的"天使岛"诗歌到聂华苓、於梨华、张错再到严歌苓和加拿大的张翎、陈河、曾晓文，北美地区的华文文学走过的百年路程和取得的傲人成绩令人肃然起敬；欧洲则有从赵淑侠、池莲子、林湄、章平到虹影、杨雪萍、老木、谢凌洁等覆盖全欧洲领域的欧洲华文文学胜景；亚洲，在原来的东南亚华文文学兴盛的同时，如今的东北亚国家如日本、韩国等也崛起了华文文学的山峦；大洋洲、非洲乃至中南美洲，华文作家也正在集聚着创作爆发的力量。一代又一代海外华文作家，接力华文文学创作，共同创造了海外华文文苑的庞大气象和繁盛局面。尤其是进入21世纪以来，不少海外华文作家的作品不断在国内重要文学刊物如《中国作家》《十月》《收获》《花城》《人民文学》等上发表，并屡屡获得多种奖项，拥有海内外大批"粉丝"，产生着重要影响，构成了海外华文文学一道道亮丽的风景线。

海外华文作家居住海外，有着不同于中国的生活体验和感受，他们当中有的是前好几代就已移居他国的华裔，早已融入当地的生活，他们的作品犹如一面面镜子，直射、折射或者反射着异域的种种风物风情，他们的心也似一束束充满能量的光透视着这个丰富而复杂的世界。无论是书写当下还是回忆往事，无论是叙实还是虚构，都呈现出耀眼的斑斓。欧洲的杰出作家罗曼·罗兰说过，作家的创作需要有"心之光"的照射。批评家艾布拉姆斯则将欧洲文学理论的发展梳理为"镜与灯"两个喻象。文学是人学，它首先需要"心"之"光"的照射与透视，世界现实的复杂多变才能经过作家"心"之"光"的过滤与影射，呈现出斑驳陆离的七色之光——"赤橙黄绿青蓝紫"，令人心荡神移、迷醉沉浸。丛书冠名以"七色光"，正是此意。

此丛书首推八种，旨在呈现一批中生代、新生代的优秀海外华文作家的创作实绩，体现海外华文文学领域的新感觉、新面貌和新趋势。在这些作家中，有的是小说作者，他们的小说不少曾在国内外获得大奖，但他们的散文作品并没有得到相应的关注，尤其是在他们集子里收录了一些访谈与创作谈，从中可以看出他们的心路历程，这也是为华文文坛提供一种有益的研究资料。这些作家中还有比较陌生的面孔，有的还是跨界的作家，他们带给丛书一种清新的文风和别样的文学之气。

总之，丛书的宗旨是着眼于"新"与"透"。"新"在于新人新作，包括推出新生代的作家以及虽不为人熟知但却能展现华文文学创作新力量的中生代作家；"透"则在于表现出通脱剔透的散文风格，能透露出七色之光的散文新格局与新气象。

我们与五洲四海的华文作家一道行走在文学的漫漫长路上，我们共同在努力着！

二〇一七年六月六日

用心感悟生命，淡然面对生活（自序）

老　木

　　喜欢摆弄文字的人都喜欢给自己起个笔名。起笔名这事有点像给自家的小孩子起名一样，本来很简单的事，却常常越琢磨越费思量。因为它除了符号的作用以外，还要尽量与主人的气质、形象、喜好等相近。再讲究一些，还要考虑生辰八字、平仄相配、卦象、数术，读音、字形，组合等诸多讲说。

　　十几年前，在捷克第二次办报纸的时候，常写一些有针对性的时事评论文章。为了避免与被评者直接发生冲突，便有了起笔名的需要。

　　作为全业余写手，老木自然不敢有那么多讲究。起笔名的标准自定为简单、质朴、淡然。结果选来选去，发现自己名字的第一和最后两个偏旁：木、十既可理解成名字的缩写又符合自己的直觉喜好，与本人属木的命格也相合，好懂易认，书写简要、读来上口，字体没有繁简之别，毫不张扬，朴素别致。将二字竖排，便是"本"字。恰合老木悟善归道、天人合一的座右铭——道者，万物之本。

　　若附会强解，亦可巧思臆想，生发出一些所谓"时尚之说"：

　　木者，人＋十，俨然耶稣背着的十字架、人神合一的样子。

他是被老爸派来用自己的生命来救赎人类的。他没有带来阿里巴巴的咒语、没有带来金鱼给渔婆的如意盆。他只是用自己的生命把人们欠他老爸的帐"顶"下来，"无息借贷"给万民百姓，允许人们自觉地一点一点地按揭还给他。这么烦琐又充满风险的顶帐与按揭，在今人看来，必定是拿了老爹的巨大"回扣"。所谓"无利不起早"嘛！

木本来是圆形的，又有圆滑、通融之意——也就是说有灵活变通之能。明明说了"不"的事，它偏偏要设法超过一点点——尽管只是一点点。像我们现实中的感情和婚姻，在笃信和怀疑之间，有人说"不"，也有人说"木"。对，只差出一点点。"木"看上去有点傻傻的，安稳对称很中庸的样子。其实是装傻、藏拙。

木又有一种坦然和淡然的气质。你看那路旁的老树，似乎憨桌桌地伫立了几百年、上千年，谁都没在意它从哪里来、到哪里去。它静静地观察身边发生的一切，为而不争、观而不言，临风雪而不避。它淡然自在，从来不想展示什么，也不必说给世人什么。

春属木，因而木还有生发之意，它努力进取而不必求灿烂辉煌。独处，它冠盖留荫、造福人间；群聚，则携手成林、共担风雨。

还有朋友调侃说，木十乃木石谐音，暗含"木石前盟"比喻，昭示动人而枉然的悲剧爱情……

随着年龄的增长，朋友们给木十名字前冠以"老"字，以为敬称。不多时，大家嫌麻烦，省略了"十"字，简称老木。于是便有了后来的"老木"这个变化后的笔名。

好想真的像一株入世而不争的老树，默默地站在一隅把自己的观察、思考、感悟用文字记录下来，拣有用些的留给后人。本书的散文，就是在这种心态下、在十几年的时间里逐渐写成的。

散文是我从事文学写作后首先发表在捷克报纸以外刊物的文体。由世界华文作家协会的付兆祥秘书长和欧洲华文作家协会的莫索尔前会长推荐，经台湾《中国时报》方梓编辑的辛勤组稿，发表了散文《石子路》。随后应方梓之约又发表了两篇。从此打开了我"捷克门外"的文学写作之路。所以，在本书付梓之时，我诚以感恩、感谢之心，向付兆祥、莫索尔两位老大哥和方梓女士致以深深的感谢，并以挚爱之心感谢家人多年来对我的支持、理解和爱护。

其实我的第一篇散文是收入本书而从未发表过的《端砚》。是1994年父亲去世后写来纪念父亲的。我愿意就本书的出版，向我书中多次提及的已经过世的双亲致以深深的追念。相信他们的在天之灵一定会向他们一直引为骄傲的儿子投以满意的微笑的。

二〇一七年一月

到基辅去（之一）

石子路

从堡捷布拉迪到布拉格有一条自东向西约五十公里长的高速公路。这条路大概已建成十年，经过许多次维修，却始终没有延伸的意思。不像布拉格向西、向北的高速路，几年来已远远伸出国界。

"人往高处走，水往低处流。"大概是捷克人想要往西欧的高处走，所以路先往"高"处修。

这公路有两个名字：一个是捷克国家序列，11号；另一个是欧洲统一序列，E65号。捷克在进入欧盟之前就给自己的公路起了这样的名字，可见世界逐渐自然整合带来的"全球化"是人类的必然共识。

公路宽阔而平坦。远处，"康拜因"在金黄色麦浪上"浮游"，很像故乡滑稽的旱船；近前，正在吐穗扬花的玉米和开着紫色小花朵的苜蓿如同薄薄厚厚连在一起的毯子，颜色浓淡相宜；围栏里或立、或走、或卧的牲畜；红顶白墙、鲜花簇拥、鸡鸣狗叫的农家小院；清澈的渠网河流；覆盖了森林的小小山丘……这样一些色块、一些影像、一些声音，在拉拜河流域的平原上参差错落着，把中欧这慵懒、闲适、恬静的田园景致一览无余地铺泻在公路两旁。

几年前，中国人来到几乎是"中国商品真空"的捷克，无论谁，只要肯做，如今差不多都过上了殷实无忧的日子。成功后，人们有的留下，有的转徙，有的荣归故里，也有的就地为囚。人们如同挤在原本拥挤不堪的车厢里，开在路上摇晃一阵，便自然而然地得到了合适自己的位子。

车窗外随风飘过一簇簇蒲公英的种子，极像一把把降落伞。如同飞越了重重山水来到欧洲、来到捷克的中国人一样。

中国人凭着顽强的生命力、勤勉与耐苦，在一方完全陌生的土地上生根、繁衍。不怕路途的艰险，顾不得沉重的乡愁，就那样义无反顾又自在轻盈地、带着些许忧郁一路飘去。

布拉格十区一个大型摊群市场门口附近，有一家中国食品零售行专门出售从中国舶来的、供亚洲人消费的食品，兼售一些欧洲中文报纸和捷克《捷华通讯》小报。在这里，从捷克新移民法到巴尔都卑采市的台资企业领导要求捷克员工对领导"起立""微笑""致意"而惹起争端，从几多政府首脑绯闻到阮病毒对 DNA 圣经的挑战，从新儒家学说到最近赌场战况，各种消息都在这里交会、传播，成了一个与卡西诺相似的"信息中心"。

中国人给这个摊群市场起了个饶有意味的名字："越南村"。所谓"村"者，一是喻其设施落后，再是以其富有而视其不屑。然而，先前各立门户的华商看清了集约市场的吸引力之后再要入"村"时，自然少不了许多周折和破费。如今，虽然"村"里的货品依然绝大部分来自中国，但市场的主人和大多数好位置的租户却是越南人。这是自以为富有而不团结的中国人没有料到的。

更难以预见的是，来捷克较早、没有语言障碍的越南人和手里有货、有资金的中国人似乎根本不记得战争的怨恨，很快就天作地合般地在捷克"同志加兄弟"起来。

最难预见也有趣的，是"村"里立下一条令许多歧视有色人种和亚洲人的捷克人感到难堪的规矩：凡是黑发黑眼睛的，都可以免检出入，而金发碧眼之辈则必须出示文件，接受检查。而执行这一规则的竟是捷克人充任的保安！这在仍然残留着许多种族偏见的捷克，很有些占山为王的意味。

"村里"这些年发生了很大的变化：原来只经营服装、鞋帽，现今日用百货无所不有；早先由集装箱、烂泥路拼凑起来的市场，目前逐渐改造成近乎"室内市场"的摊群；新增加的食肆、网吧、旅游、机票、翻译等等许多铺面正如雨后春笋般四处开张。俨然一个小社会的样子了。

"村"里的人也发生着变化。终日为了赚钱埋头劳作，不知今夕为何夕的人们，逐渐对健身、旅游、娱乐产生了兴趣。人们开始走进博物馆、美术展、歌舞剧院、古玩店。即便在"村"里，也随处可见利用工作的间隙举称对弈的棋友。中国人学会了善待自己，懂得了纳税、投保，习惯了维护公共卫生和说"对不起"。他们认识了做一个公民社会成员的条件、权利和义务。也明白了作为公民的责任和自我约束，感受到一种从未有过的自在和解脱。

沿着伏尔塔瓦河向西，顺河转去，便是布拉格的中心地带。河水是深绿色的，平稳而安详。水面不宽，没有布达佩斯的多瑙河那样宽阔，没有伦敦的泰晤士河那样雍容，没有莫斯科的伏尔加河那样忧郁，没有亚马逊河那样苍莽却透着与天地浑然一体的质朴。伏尔塔瓦河像个藏在深闺的小家碧玉，温柔而灵秀，一身诗书气又兼有几分令人爱怜的忧郁。

河湾处，布拉格堡高高的青石色大教堂与侧旁的绿树、小院落一起被揉进波光粼粼的倒影里，给人一种摇荡、迷幻的感觉。绿水中游弋的白天鹅，蓝天下翩飞的小江鸥……不由得就把你带到德沃夏克、卡夫卡的精神王国里去。

河两旁尽是几百年的古建筑：哥特式、文艺复兴式、维多利亚式、洛可可式……几乎处于欧洲版图中心，被称为"世界建筑博物馆"的布拉格，由于天赐的福分先后躲过两次世界大战的荡涤，侥幸地把几百年来捷克人民建造的无数古建筑完整地保留了下来。

走在河边，看着面前的景致，当我们的思想游开去又归来时，始终解不开那个疑问：当奥匈帝国、希特勒入侵时，捷克人没有反抗，他们屈辱地投降了。然而，他们留下了民族、文化，还为后代完整地保存了历史名城；那蛋清和（音 huo）灰、青砖垒砌的古查理桥，300年前曾是绞死罪犯并悬挂其尸体的刑场，如今却成了充满浪漫、爱情，游人如织的著名景点和街头艺术家们施展才华的乐园；老城广场中心，是当年惨受焚刑的扬·胡斯的群雕像，似乎肃然站立在那里的他依然带着其追随者向上天求索着宗教的平等。而把他投入烈火中的大人们却早已灰飞烟灭、了无印记……走弯路，结果往往会回到起点，历史就是这样规定了社会和人生。

老城广场到瓦茨拉夫广场之间，是一片很大的古建筑群。它们不同于别处的古建筑，如同"最后一片叶子"一样醒目地被"供"在那里。这里"文物"级的建筑像大海中的潮涌一般浩荡而来。阳光下，古老而精深的艺术作品鳞次栉比、叠垒环绕。步入其中，一如浸渍在古老艺术陈酿的酒缸里，古人那凝固的神思从眼前种种布局、造型、色彩里缓缓地渗透出来。浸淫之间，不由得便如痴如醉了。

若是偶尔误入无人的小巷，生疏与熟悉的恍惚之间，便会有时空倒错、身心异化的眩晕，获得一种全新的神秘、空灵、诡异又终生难忘的记忆。

在接近瓦茨拉夫广场的地方，是捷克的第一家"卡西诺"。绅士打扮的男女正做着温文尔雅的金钱游戏。大概没人统计布拉格近几年迅速膨胀到几十家的赌场究竟赚了华人多少钱。只知道不少赌场的庄家除了免费为顾客提供一注赌资外还免费提供饮料、香烟和中国夜宵，知道不少华人从这里走上了不归路。

老城钟楼的钟声告诉我们它又沿着自己的路走过了非常一般又是非常独特的一天。当那穿透了你灵魂的声音落到你的脚下时，你会看到：老城广场附近的路也是由拳头大小的石块铺成，经过千百年的磨踏，它们的棱角已经变圆了，光滑的表面反射着神秘光泽。当你注目凝视它，就会觉得那铮铮的青色之下，一定有一个个古老的或新鲜的故事，也许你会想：路就是由故事铺成的吧。

老城广场周围的石子路不是故国常有的方正南北的走向，而是以一种散射状由广场向四周辐展开去，如同儿童画中太阳的光芒。那路又不都是笔直的，它们会任性地蜿蜒曲折、左右牵连，就像我们起起伏伏、摇摇摆摆的人生。

此时，站在这个古老广场上的钟声里，面对眼前的一块块石子，你或许会生出对命运的万般感慨并对自己的未来充满疑惑，思绪会像脚下铺满石子、四通八达的路一样错综复杂。

其实，每时每刻我们都站在自己生命的老城广场上，每时每刻人类都站在历史的老城广场上。

路千条万条，就在我们脚下。

圣诞节的雪

在故国居住的时候，对于圣诞节的感觉如同一个普通的西方童话一样。晓得有一个叫作圣诞老人的白胡子老头儿，半夜里赶着鹿儿拉着的雪橇，给孩子们带来很多礼物。他喜欢悄悄地从人家烟囱里进屋，把礼物放在小孩子的袜子里，为了第二天早上给他们一个意外的惊喜。

印象中，除了这个有趣的、弥漫着爱心的故事，剩下的就是模模糊糊的雪了。也因为下雪的缘故，会常常把那白胡子圣诞老头儿和七个小矮人、白雪公主、灰姑娘、卖火柴的小女孩混淆不清。

相传耶稣降生的那晚是下了雪的，于是便有了约定俗成的规定：圣诞节必须下雪才好。因为那该是一个圣洁的理想世界。

来到捷克才知道，原来欧洲的圣诞节像亚洲的春节一样，是欧洲人一年中最盛大的节日。

据说天主教最早是中东犹太教的一个分支，后来才衍生出了以后的东正教、伊斯兰教、新教、摩门教等等。

史家考证，罗马帝国的东征，欧洲人在阿拉伯人那里"找"回来了起源于欧亚两河流域但被连年战乱毁尽的古代科学和1至9数目字，也从阿拉伯人那里给西方人请来了零（0）和上帝。

说白了，圣诞本是发生在中东的事，直到公元 138 年罗马教廷倡议庆祝耶稣诞生，才有了后来的圣诞节并被欧洲人拿来当成了自己的节日。并且渐渐地把它推广到了整个世界，悖论般地成了东方人所说的"西方节日"。

尽管亚洲的春节和欧洲的圣诞节前后相差约一两个月，但是它们都在冬季。这时，几乎北半球所有的农民同样都处在农闲而不久又要投入新一年劳作的时候。人们有时间，经济上也有条件好好地庆祝过去一年的结束和迎接新一年的到来。

不同的是，亚洲的春节似乎是以月亮的盈亏和农业生产的节令为基础确定的。而欧洲的圣诞节却来自一个特殊人物的诞生。巧合的是东西方同样都希望节日里下雪。

从东西方节日时间的制定可以看出：中国的古人对于节日的制定更注重诸如月、地关系，历法与农事忙闲等各方面事物相互联系，兼顾首尾。映像着东方哲学的整体观与辨证平衡的特征，以及崇尚自然的多神宗教理念。不像西方的古人，仅凭对一个被景仰的人物的诞辰纪念日，就不管天地日时，不前不后，横里插出一个节日来。

……

两相比较，似乎可以得出一个有趣的观点：无论制定节日本身还是人们对于节日的态度，欧洲人比较关注具体、主观的心灵慰藉，中国人则更加注重整体、客观的生存现实。如同西方人习惯问候"早安，晚安"，而中国人习惯问候"吃了吗"一样。

然而，偏偏在 20 世纪中期，关注心灵的欧洲人在工业革命中躬身奋进，取得了辉煌的客观物质成就；而注重生活实际的中国人却在主观心灵"精神革命"的迷途中绕了一个大弯，在现代化的进程中被世界远远地抛在后面。

历史总是这样诡异，它常常带领执着追求的人们走向自己追求的反面。

尽管东西方人的历史、观念、宗教不同，但对于冬季下雪却历来没有异议。即便是中国闹文化大革命，把"凡是敌人拥护的我们就要反对"作为"最高指示"的时候，每逢下雪，人们便会"立场不清"一起庆贺起来。

十二月初，中期天气预报说捷克今年圣诞节前不会有雪。果然到了中旬的开始几天，白天温度真的上升到摄氏九度上下，暖风习习，如同春日将近。着实让很多盼着下雪的捷克人，尤其是孩子们失望。而就在圣诞节前两天的晚上，一夜寒潮把个世界梦幻似的变了模样：漫天松软洁净的小雪已经把天地万物同化为一个晶莹洁净的整体。远处万树银花般的树挂，新戴了雪白的绒帽、被银屑半掩的森林小屋……

哦——好一个冰清玉洁的世界！

小雪没有大雪那样的浑然大气，却显得淡然、轻盈，甚至有些高傲和神秘。那悠悠然的神态，投射着超越凡尘的清高。似乎它并不想刻意去改变什么，只是静静地做着它早就计划好的一件事。只是履行着一个古老的诺言。那默默的坚韧里，透出一种冥冥中归宿般的不可逆转的必然的轮回力量。

在飘飘的清雪里、皑皑的苍穹下，远处平时不明显的星星点点的人迹被清晰地衬托出来：在自家门前各扫门前雪的人，穿着鲜艳的衣服滑雪、滑冰、赏景的孩子，都被衬在月色般的背景里，显得些许模糊、些许浮动。有如西方现代派绘画的随意施彩，又像大写意国画的点墨留白，虽带着不经意间的斑斑驳驳，却显得自然流畅、浑然大气。大自然用那一层层沉静的用心，造就出一波波诗意的景致来。

雪野中的情人们，丝毫不在意周围的目光，那样嬉笑流盼、忘情拥吻。似乎冰雪中的爱情更加醇厚、更令人感到温暖。忽然想起：好在米古拉仕老人是神仙、先知一类高人，不会在夜半三更"私入民宅"时撞上"尴尬"事。否则闹个"好心做坏事"可就太煞风景了。

据说捷克有一个非常别致的民间风俗：圣诞的夜晚，女孩子们一起穿着拖鞋到雪地里站好，听到信号后，一起把拖鞋脱下从头顶上用力往背后扔，然后穿着袜子在雪地里使劲儿朝前跑，据称跑得快的女孩子来年就会变得像她想象的一样漂亮。

如果不是只有捷克女孩儿才能享受天父的这份恩赐，那就该把这个"专利"分赠给全世界各地的所有女子。同时还要和上帝讲好：圣诞节一定要下雪。

红月亮，白月亮

汽车穿过楼宇、线杆林立的城市，将声音、色彩、空气、人群的压力远远地甩到身后，让人顿时感觉到一种被娩出的轻松。

晚秋季节，车窗外的风虽然是微温的，而天却已黑尽了。若是初夏此刻，下午五点种的太阳似乎才刚过头顶不久，即使在花园里盘桓到晚上十点，一弯火红的太阳依然不舍地扒在西山顶上用祖母般温热的眼神留恋地顾盼着人世不肯离去。而冬季的此刻，在漆黑肃杀的下午，钟表的指针常常会唤起人们对那温馨光芒的回忆和向往。

汽车混沌的灯影中，车轮碾压路面的沙沙声带着催眠的粘滞透过车身侵蚀着人的精神，让一百三十公里的时速显得如此平庸和索然无味。

转过山脚，猛然看见一轮如夏季黄昏时那样硕大的，殷红、又有些暗淡模糊的夕阳掩映在山脊上的树丛里。山头那些平日看来高大树木的深色剪影，就像一株株码放在大餐盘里的豆芽菜那样弱小。

刹那间，我被这奇异的景象惊呆了，一些诸如偶遇神灵、误闯仙界、世界末日之类乱七八糟的想法，顿时塞满了瞬间之前还近乎麻木的脑际。伴随着轻微的眩晕，我开始觉得身体在一点点减轻，知觉正渐渐变钝。天地之间万物似乎在慢慢静止，时间已经开始停滞……

山头上那硕大的火球，像六月的杜鹃，像滚动的岩浆，像汩汩的碧血。它近得令人眩晕，近得令人恐惧。略显混沌而令人震颤的晖光似乎以一种超然的力量昭示着神秘的出生与死亡，泯灭和永生。

"是幻视吧。"心里这样想着停下车，喝一口矿泉水，"咕咚！"很清楚地听到水入肠胃的声音；打开车上的收录机，"敖包相会"那殷切而略带苍凉的旋律飘荡在耳际。揉揉眼睛，再揉揉眼睛，意识才开始回转来——那红红圆圆的竟是月亮！按住悸动的心，凝神细看：月亮大则大矣，绝非能与磨盘相比；近则近矣，亦非咫尺之遥。细细品味，虽然没有了起先感觉的那样血红，却仍然艳丽神秘，夺人魂魄。

舒展腰身，做几次深呼吸，清新的空气让神经很快得到了放松。和缓而略带温暖的微风、轻松熟悉的故乡音乐，不久便让人的心情好了起来。

这时不由得再审视身边的月亮，它竟换成了温暖柔和的淡橘红色。这让我想到了充满母亲气息的熟悉而温暖的怀抱，和那安全、踏实和被无微不至的关怀地幸福感觉。这迷人的淡橘红色，也像腊月里从寒风料峭的室外回到暖处的娃娃脸，白里透红地润泽而鲜亮，又像少年情窦初开的红晕，透着对爱的追求和被异性注目的羞涩与甜蜜。让我忆起少年时的惶惑和期盼，忆起爱情萌动时难以抑制的幸福和恐惧。那躁动年代的许多幼稚可笑的快乐往事，便从记忆深处清楚地浮现在眼前。这些往事几乎与如今的生活毫无瓜葛，年复一年时光的沉淀，让落叶般的生活把它们覆盖了一层又一层。然而，当我们几十年后翻检曾经的那个时刻的时候才会发现：许多人生重大的事件早就如同朽叶般支离破碎，而那初恋的时刻，却像日久深藏的水晶，稍加拂拭便会泛出熠熠的光泽来。此刻，这淡淡的、暖暖的橘红色月亮伴着这温和而略带甜味的秋风，便让我蓦然回到遥远的从前，再一次莫名其妙、毫无理由地耳热心跳起来。

行驶在森林之间的平地上，路边常有当心野生动物的标志，那标志上是一头带角的鹿。不知不觉间，相依随行在树丛后面若隐若现的月亮变为杏黄色的了。无论车行疾缓，它始终不急不愠地用温柔而热忱的目光追随着你。如同许多年以前那双秋水似的眼睛，你能够在层层叠叠的人群中，一眼就看到的那一双。那双欲说还休，鼓励和企盼的眼睛。当你吹起轻松的口哨信马由缰地前行时，你会觉察到它在倾听；当你思想心事时，你能发现它在注视；当你轻声吟诵或引吭高歌时，你能隐隐听到它的唱和。如同你在运动会上得了名次或者爬黑板答对了问题后所感觉到的：人群中有那样一双注视自己的眼睛。那双眼睛，牵动着你心中的那头鹿，就像路边标志上的那头。

丘陵间低地中的路，像一条夹在小丘陵间蜿蜒曲折的小河。车走在上面，犹如"河"里的船。羽白色的月光把"河"两岸装扮得安详而神秘。一个个树影，像似曾相识的故事一样一一闪过，而月亮自己却越发地明亮了。明亮得像新嫁娘眼中的欣喜、热烈的光芒，浑身荡漾着发自内心的幸福。那种带着令人沉醉目光的凝视，如同那带有穿透力的歌声，牵动、激励着你心灵的共鸣。

路到湖水似乎渐渐高起来，路面上开始有一层层流动的薄雾。天水相连的湖面被微风吹皱，银光闪闪、月影绰约……好似嫦娥在寂寞湖面上的翩翩弄舞。婀娜的衣带上缀着些许优雅的无奈和淡淡的寂寥。

那情形，像眷恋往日的青春韶华，又像面对落花流水伤感。让人想起自己正被琐碎日子麻木了的心和已经被平淡生活疲倦了的脸。

转过弯，路直直地通向坡顶。车窗外由遍地的雾霭变成一片无边无际的白绒。天地似乎合成一体，带你进入了广袤而神秘的苍穹。

月亮仍然很大，变成了银白色，被羽白色彩云烘托着嵌在山坡顶端。脚下的路似乎径直通往月中去了。

远远望去，像鹅绒般柔软地泛着清光的一朵朵白云，簇拥、环绕在月亮周围，形状优柔泰和，庄严恬静，宛若书中描写的祥瑞仙境。似乎继续朝前走，琼台瑶池就在小山那一边等着你。

晖光之下，徐徐的清风，幽幽的树影……空灵、飘逸的感觉又一次震撼并笼罩了我。把我淹没在这铺天盖地般水银的大潮里。那深蓝的天、银白的月、浮游的云一步步地迫近；金钱、地位、名利正一丝丝离我而去。横亘在面前的生、死、永恒是这样玄妙而真实。怪不得曾有赏月的古人畅想着"乘风飞去"，"千里共婵娟"！

突然明白桃花园赋如何得之于心、"对影成三人"如何成得妙句、拍栏杆看吴钩如何情深切切，似乎开始悟出：冥冥之中、茫茫之际，道何以为道，情何以为情。

悠悠一刻，月象变化宛如人生。那红白之间便是我们始终面对的一路风尘。

很长时间以后，每逢月夜我都会想起这次红白月亮的际遇。它让我毫不怀疑地相信：那天它一定是想告诉我什么，或者向我昭示了什么。

收获幸福

捷克六月中旬，早熟的樱桃便一嘟噜一嘟噜地从树上垂下来，沉甸甸地挂满了看上去不堪重负的枝头。

暖暖的微风中，龙眼般大小的樱桃一簇簇地掩映在小芭蕉扇似的绿叶丛中，在灿烂的阳光下时隐时现。宛若长发飘飘的少女发际间时掩时现的羞涩而俏皮的脸庞。

树不高也不矮，冠圆圆的，极像儿童画里最典型的那种。站在树下，成年人抬手就可以轻易摘到果子。

当你在绿叶之间捏到樱桃细细的柄要把它摘下来的那一瞬间，如果你留神那果子的颜色，一定会被它那夺人心魄的色彩所震慑。你会惊诧造物主如何调配出了这种不可思议的颜色。你会想到宝石、玛瑙，想到降生和永恒——你会毫不怀疑"殷红"一词大概就是指这种颜色带给这个世界的意义。

果子不是正圆形的，细看有些像心的形状——圣诞节时挂在圣诞树上的圆嘟嘟的那种样子。于是你或许会联想到热烈如火一般的爱情、联想到曾经的那些与爱有关、令人心动的种种缘分。

即便是微雨的时候，娇艳的樱桃在阴暗的天空下也丝毫看不出晦暗的表情，仍然散发着高贵、热烈和快乐的气息，犹如深色背景里美少女的一个高调影像，那晶莹剔透地聚在樱桃艳丽的果皮上的水珠，会让你想起镶在红玛瑙戒指上的钻石，想起水中的捷克石榴石项链，想起久违的爱人相逢时挂在眼角的那快乐的泪水。

噙一颗樱桃在嘴里，舌头触到它滑滑润润的表皮时会让你想起"凝脂""软玉"之类的比喻。牙齿稍一用力，一股清香甘甜的浆液就会在口中弥漫开来包裹住你的舌头，然后通过你的味蕾慢慢浸渍到你的五脏六腑。此时，幸福就会不知不觉地爬上你的心头。

有时候我们会感到幸福是那么远、那么遥不可及，似乎穷毕生精力都难以企及。然而，有时候，幸福就是这么简单。

捷克的樱桃树既是栽种在庭院里的观赏树，也是常种在路边作为绿化用的"行道树"。于是每当樱桃成熟的季节，树下便常有前来观赏品尝的人们。似乎是预先计划好的，每到这个时节，公路维护部门便早早把路边树下四周的杂草剪短，让那些亭亭玉立的樱桃树干干净净地等着人们的到来。我家附近就有一条这样的"樱桃路"。

通常是仲夏的周末或下午，一家家的人开车或者骑自行车到"樱桃路"来。选到自己喜欢的树，男人摘，妇人和孩子们随在男人的旁边欢天喜地地一边吃、一边细心地往孩子的小小藤筐里装。树的枝桠不高，兴致来了还可以爬到树上去。树上、树下常会传来一家人相互逗乐儿和打闹的愉快笑声。

见到相邻的玩赏者，相互打个招呼之后继续毫不影响地各玩各的。大家没有什么不好意思，没有相互之间的提防，也没有相互间的嫉妒和争夺。想来一是树多人少，供大于求；二是大家都自觉遵守着赏玩而不掠夺的规则。

当然也偶尔有长长一条街只你们一个家庭的情况。每到这时你免不得会悄悄生出被满街美女夹道欢迎般"君临天下"的惬意。

一天，有朋友来访，特意带他们到"樱桃路"赏玩。没想到高兴之余，一个年轻的朋友三两下爬上了树——从来没有见到的掠夺发生了。不一会儿，掐掉的果叶、折断的果枝就落了一地。尽管周遭没有别人，看到这些，我早已是满心羞愧。只因朋友自远方而来，又不是故意地让我难堪，因而不好意思出口制止。于是偷着用脚把满地的残枝败叶向路边水沟的草丛里踢，心里则祈祷着快点儿结束。

回来的路上，我反复告诫自己以后再带朋友来一定事先说好……

后院凉棚里的大条桌上，满满两大塑料袋樱桃枝叶混杂，一点儿鲜活的影子都不见了。或许是果子离开树枝后会慢慢失色；或许樱桃从断枝那里感受了痛苦，失去了美丽；或许是那满地的枝叶夺走了感觉中樱桃的光华——总之，樱桃显得暗淡无神、满面愁容了。再尝味道，只是淡淡的甜而没有那种混合着香气的甘洌了。看着、尝着、想着，口中索然无味，心里便怀念起那绿叶中殷殷的颜色来。

几天后，一个雨过天晴的下午，我独自来到"樱桃路"。两旁的樱桃树依然静静地立在微风中摇摆着绿绿的叶子，招手似的欢迎着来客。青色的路、绿色的田、红色的樱桃，还有飘着的白云、空得令人灵魂出窍的蓝天……眼前的一切如同水洗过一样清澈、透亮。

举目眺望，远山如黛、近树如虹，一串串的樱桃色彩更加明艳。

没带任何篮子、塑料袋，找棵矮树，半躺半倚在斜杈上，品着从身边信手摘来的樱桃，吹着初夏的风，听着远处鸣叫的布谷，望着天空上漫若轻纱的白云……哦！快乐再一次回到我的身边。

原来，幸福就是有克制的收获。

飘飞的生命

蒲公英种子从天那边飞过来，在初夏的清风里飘。那由无数白色茸毛构成的羽，常常被人们形容成降落伞。而这伞下面的柄，那颗细长、圆形的小种子，真的很像一个小人儿。

随着初夏那带着淡淡甜味儿的风，那乘着降落伞的"小人儿"如同被风驮在背上，悠悠地一会儿向上，一会儿向下，看上去很逍遥、很自在。

只有它自己知道，它不是在随意地飘，而是在高空中认真地勘察、挑选，精心寻找着最终落脚的归宿。

飞行中，它看见绿油油的一大片山坡地上，先到的同伴已经开满一簇簇耀眼的黄色花朵。每一丛花的花朵都有高有低，花开的程度和大小都不相同。就像一个个老少组合的家庭，在微风中轻轻地、亲热地碰撞着，低语着，充满了快乐和温馨。黄色花瓣衬着嫩绿色的叶子，舒适的颜色搭配给人暖暖的、亲切的感觉。犹如人们早晨自然醒来后那内心满足、通体舒泰的脸。

"小人儿"似乎很惬意自己的飞行状态，好像也十分羡慕那一簇簇自然散落在坡地上的花朵。或许是还没有找到自己最理想的家罢，它飘得有些惆怅、有些抑郁……

它清楚地记得从荒僻的山脚下开始的单独飞行。在飞行的日子里，它几次躲过了山火，躲过了雨雪，躲过了狂风，经历了几多绝望的挣扎。生死的洗礼让它更多地懂得了生活，也学会了珍惜经过了艰难磨砺的生命，明白了上天赋予生命的自由和尊严的意义。

它是从一株被铲断了根的蒲公英上诞生的。那时它们的"家"才刚刚开花，它还是没有灌好浆的不成熟的种子。在根被铲断的那一刻，母亲感受到的不是痛苦，却是一种奇怪的惶惑不解、不知所措的漠然。痛苦已经变得麻木，汹涌而出的白色的浆汁一滴一滴流下来，黏稠如血，苦涩像泪。直到苦苦的汁液慢慢包裹了伤口、包裹了痛苦的灵魂，也包裹了未成熟的子房，让它在苦涩里慢慢地被母亲逐渐僵死的躯干拼尽最后的气力育成。

当它终于借着夏日热燥的风与兄弟们一起从苦难中飞起的时候，旧时的烙印也牢牢地烙在了心里，成了它面对苦难的力量。于是，这苦难成了一份财富，更让它体验到自由的舒畅与幸福；这苦难成了它努力飞行、寻找新生活的动力。

有了过去的苦难，如今的寻觅和飘游便不再烦恼、不再茫然，而成了心境坦然的游历。飘游给了它体验和享受飞翔的快乐。

飘，它依然在飘。继续在飘飞中寻找。带着它轻轻的坚韧，带着它淡淡的寥落，带着它悠悠的乡思和对爱情的不懈追求。

有人把"小人儿"头顶上的羽比喻成白发。那些伞状的纤维如果不像白发又会像什么？——是家书抵万金的缠绵乡愁？是斩不断、理还乱的世俗欲望？是生死相许的前世情丝？也许是舍身救赎众生的神的光晕罢！对！那该是带着世间大爱的顽强的人性光芒！那洁白的、泛着灵光的、尽情放射又柔软如丝的羽，恰如生命探索外部世界的一个个触角、又如内心一缕缕的生命呼唤，更像天地赋予它的丝丝灵魂——神圣又世俗的灵魂。

或许，正是为了这份神圣的世俗，才有了生活的苦辣酸甜，才有了可以回味一生的风风雨雨，才有了痛苦和幸福，才有了情和爱。

空中的小人儿也许根本没想这么多，似乎也不必想得这样累。于是它就随性跟着风继续飘。带着它心中一直悄悄地憧憬着的那个生命的希望……

洗澡·回家

20 年代，家乡的小城市里没有游泳馆，游泳只是夏天的把戏。

那时大人、孩子都是在"海子"（标准称谓应该是"水塘"或者"湖"）里游。与其说是游泳，不如说纳凉嬉戏更贴切。因此人们更多把下水游泳叫作"洗澡"。大家不讲姿势、标准，能浮在水面上的就叫"会水"。

后来一直奇怪，我们那个位于中原的内陆小城，为什么会有那么多的"海子"。方圆不到一平方公里的小城，大大小小总有十多处。我们常去游泳的那个"海子"比较大，中央有个农家麦场大小的一圈土垣耸出水面。冬天水位低时有条窄窄的小径与岸边连通，夏天水大时小路被淹没，土垣就变成了岛。

因为离岸较远，感觉上更衣"方便"一些，放置衣物也显得安全。孩子们便会蹚水走过小径，在岛上脱衣服。岛上有很多不规则的砖头，是孩子们弄来压衣服的。有了它们，衣服就不会被风吹到水里去。远远看去，那些砖头经常与没人的时候悄悄爬上岸来"晒盖"的"王八"（龟鱼）相混淆。

据说这里原来是曹操军队的校场，名叫"放马营"，也有说是因为"海子"里面的土垣像个"妈妈"（前一字读三声、后一字读轻声，意指乳房），所以才叫"妈妈郍儿"（连读为 ma ma yer。意思指像乳房一样的土堆）。

那时候，只有少数人穿泳衣泳裤，因为特别，所以会让很多没有那劳什子的孩子们嫉妒，于是就把穿泳衣泳裤的人冠以"浪"名（卖弄风骚的意思）。

男人们穿各种短裤的都有，大都是灰、黑、蓝这样的颜色。女人极少、下水时穿的花头却多，除了格式花裤衩，还要披挂紧身或不紧身的各式"洋布"马甲，混在黑黢黢的老爷们儿中，很有出水芙蓉的意思。不过以现在的眼光看，不过是些"自制"的睡衣系列。上得岸来，皱得一塌糊涂不算，湿沓沓地紧贴在身上，其纤毫毕见的程度远远胜过到处绷紧却有多处褶、垫装饰的泳衣。

初中以下的男孩子们大都是赤裸着下水的。他们也晓得害羞，但解决的办法不过是脱衣时把"小处"尽量避开人眼，让自己快些"落水"而已。一旦到了水里，他们便真的"赤条条毫无牵挂"了。大不了小鱼儿懵懵懂懂地撞到私处觉得有点儿滑滑怪怪的。

那时"海子"里的水还是清的，但是水底有一尺多厚的"紫泥"（紫黑色淤泥），所以水色很深，看不透。这样孩子们在水里面怎么"翻腾扶摇羊角"都不会露出"破绽"。

在"海子"里"洗澡"是没有人教的，全靠自己的悟性。先是在浅处双手撑地，双脚"打砰砰"，有点儿水性了就开始在浅处扎"小猛子"，练憋气，稍微"会水"一点儿后才学着用四肢练"狗刨"。待到可以蹿到深处扑腾几下赶紧心惊胆战地退回来时，心里便会涌出些成功的狂喜。

浅水里的孩子们远远地看着别人用各种姿势在水中自在地漂着，心里会痒痒的；当他们看看身边微风吹起的浪花，犹如一只只没有瞳孔的绿色眼睛，又免不得怕怕的。

某一天，不知怎么就突然识得水性，"会水"了。狗刨、踩水、打水（自由泳）、蛙泳、仰泳、侧泳……似乎一下就都会了。接着"扎大猛子"（潜水）、跳水（一个人站到蹲在浅水中的另一个人肩上，借着下面人站起来的力量向上跳起，拍入水中的游戏）也都会了。如同参禅悟道，一通百通。

男孩子们最喜欢的游戏是"打水仗"。一般是一伙孩子分两拨儿，集体"作战"。打水仗说白了是打泥仗，就是潜到水下，挖一坨"紫泥"，托在一只手里，用另一只手分次抠下小块做"炮弹"投向"敌方"。"炸弹"分很多种，稠一些的叫"小钢炮"，稀不拉唧的叫"凝固汽油弹"……

"紫泥"很软，击中露出水面目标的机会也很有限。尽管打不破脑袋，被击中却也很不舒服。所以当对方的"炮弹"密集时，就必须一边潜水"转移阵地"，一边在运动中准备"弹药"、选择出击的地点，估摸着对方打光了炮弹也去准备"弹药"了，就冒出水面等着对方的脑袋在水中露出来，目标一旦出现便是一通猛攻。

玩伴小四调皮捣蛋，"坏"得"罗盘失灵"，一贯扎猛子没准头，一钻入水里就迷失方向。多少次误入敌营，"倒戈相向"、乱枪打鸟地往回发炮。然而对方并不领情，往往就近里照准他后脑勺拉枪栓，命中率极高。最严重的一次是"雷达天线"——耳朵被称作"爱森豪威尔炸弹"的整整一大团紫泥端端地塞满，只觉"嗡"的一声，他的半边脑袋就木了，耳朵涨得难以忍受，转着圈哇哇鬼嚎。还好，一个老头给了个"偏方"——大家轮流用尿滋——才把耳朵深处的泥冲了出来。从此小四得了个新外号："尿泥"（当地俚语中骂人的话，意指小孩儿不是用父亲的精子而是用包皮垢"种"出来的）。后来懂了，用尿冲洗被"紫泥"塞住的耳道，既不会因水压过大伤及耳道、耳膜，又消炎镇痛。况且就地取材，经济实惠。

暑假时的中午，"海子"里总有一些光屁股的小子，在不大范围的水域里泥浆飞舞地"打水仗"，把周围的水都搅合成紫灰色。如同一群快乐的小猪，不知脏净，相互拱着、闹着，自得其乐。

累了就到"妈妈嬷儿"上躺下休息一会儿。"妈妈嬷儿"的中间是凹下去的，雨后的几天，里面会有齐脚脖的水，极清，暖暖的，有时甚至很烫。正好给身上起了鸡皮疙瘩、口唇青紫的孩子们暖和身体。这时，躺在温水里枕着双手，仰望蓝天上像绵羊似的白云，听着岸上的"知了"和"伏了"（知了体形大，叫声有节奏好听，伏了直到伏天才有，体形小，就会尖着嗓子一直傻叫）的和声，会突然有一种征服了什么的自豪。

白云下面有很多飞翔的生物：高处有燕子、鸽子，再低一些有"老家贼"（麻雀）、柳雀儿，贴近水面的就是各种蜻蜓了。

那时，当地的俚语把蜻蜓叫作"老丽丽"，也叫作"蚂螂"。它们的种类很多：大红的"红娘"、灰色的"老回回"、紫红色的"紫嫣"（一直不知道为何独独紫红色蜻蜓的名字被叫得这样出奇的雅）是形体小一些的；形体大一些的有"核桃车"（he tao che——音译，为何得名以及正确写法不详），身体像穿着褐绿相间迷彩服的士兵，飞速特快，威武严厉的样子让人想到蛇或者特种兵；另外一种似乎平和很多，流线型长满复眼的褐色的头，胸、背等身体大部呈浅绿色，尾巴绿褐色条纹相间。小腹有明亮蓝色斑块的是"男的"，叫"蛋公儿"，而小腹浅绿，泛淡淡粉红色的是"女的"，叫"落珊"（音 laoshan。说明：蛋公儿、落珊都是发音标记，正确写法不详）。除了腹部颜色的差别，它们翅膀的颜色也有不同。"蛋公儿"的翅膀白得透亮，挥动有力，落珊的翅膀带有暧昧的水白间暗粉色，挥动悠软缠绵。它们有时单独飞，有时结伴飞。结伴飞时有时呈一字，"男的"用尾尖钩住"女的"的后脑勺，我们知道那是帮助；有时呈横 U 字，面对面十六条腿紧紧抱在一起，尽管看不清相互间的结合关系，我们也知道那是"配对"。那时，这可是一个极具威慑力的词汇，因为全社会对于雌雄关系都超级敏感。可能是大人们把男女关系的严肃和恐惧带给了孩子，让我们意识到：那种事很麻烦。

孩子们从前辈那里学来了捕捉蜻蜓的办法：先蹑手蹑脚地设法用竹扫帚扑到一个"落珊"。然后找一条二尺长短的细线，一端系住"落珊"四个翅膀之间的腰，一端拴在折来的细树枝上，然后摇动树枝迫使"落珊"飞动，他们还会口中念着"咒语"："公儿里了，来拜了，大蛋公子过来啵，娘们娘们水白地，我跟你娘们要钱儿去（qi）。"不多时，就会有舍生忘死的"蛋公儿"飞来相会，一旦"蛋公儿"用尾巴钩住了"落珊"的后颈，它就不会轻易放开。这正是孩子们捕捉"蛋公儿"的好机会。如果是捉"红眼"或"紫嫣"，他们就用另一套"咒语"："红眼儿、红眼儿，拨拉葶杆，葶杆倒了，红眼跑了。"

没有时间教孩子游泳的家长们一致坚决反对孩子们下水。即便是他们亲自看到孩子们在水中已经无师自通地"浪里白条"般熟练，还是担心孩子们遇到不测。监督的办法就是用指甲搇孩子晒黑的小屁股，凡是在水坑里洗过"澡"的，屁股上就会因为泥水附着的原因出现清晰的白色痕迹。小孩子被断定下过水后，接下来便难免"灾难"临头，就要用晚上的"痛苦"抵消白天的快乐。然而无论是不让吃晚饭，还是暴打屁股，孩子们第二天又会中了蛊、上了毒瘾一样往天水一色、蜓飞蝉鸣的海子里去洗澡，享受漂浮在水里的自由。

尽管每年都有儿童溺毙的消息，尽管父母的防范手段逐步提高到亲自往孩子屁股上写毛笔字来防伪的水平，尽管每天几乎都能听到这家那家因为孩子游水带来的训斥和暴力，但只要是夏天，"海子"里永远都会有孩子们的笑声。

或许，人最初就是从水里来的。那里本来就是他们的家。

故乡的小城

建设部八月二十一日公布了"二零零六年中国人居环境奖"，家乡的小城竟位列全国三十五个获奖城市之一。欣然之余，勾起了心底对故乡的思念。

坐落在华北平原上的故乡小城，是我小时候生活的地方。那是一个有着传统商业气息，又没有多大名气的城市。那里除了菲律宾的历史、考古学家才有兴趣的、他们的先王——"苏禄王"的陵寝之外，再就是著名的"扒鸡"和小枣了。尽管这鸡很有名，但是与别处的名山大川、古刹勒石相比，让人觉得怎么说都不过是个"吃货"，拿不出手。其实小城还应该有一个古迹的。据非官方考证，黄天霸镖打窦尔敦，就发生在"沧州德县东门外"的"青龙桥"。

青龙桥是由长长的石条砌成的，早时在我们幼稚的眼睛里，那些一丈多长二尺宽厚的石"桥梁"可真了不得，都是些平原地方少见的大石头。那青龙桥原是建在护城河上的，六十年代的时候，小城还有残破的城墙和护城河。可怜的护城河虽然被倒塌的城墙一段一段地截开了，像一截截被痛苦地斩断了的水蛇。那一截截残缺的河里还有清清的水，小城人习惯上把它们称作"海子"。

那时候，除了洗衣洗手弄出的少量肥皂水，还没有别的化学东西往水里排，因此，一个个清亮的"海子"里会自己生出许多种小鱼儿来。最常见的是小小的三丁鱼，它们生活在海子边的浅水里，寸把长，浑身泥灰色，间杂些伪装用的小黑点。它有三个尖利的、可以收拢和张开的硬刺，刺上有令人恐怖的锯齿，锋利无比。那刺除了自我保护，也是不小心的孩子们"倒霉"的机会，被他刺伤不但会出血，还会红肿起来，疼中带痒。所以它就有了一个很"扎怪"的名字："嘎丫"。这个人人都会叫的名字却没有人知道"嘎丫"两个字怎么写，也不知道从什么时候传下来的。小城里的孩子，无论男女几乎都捉过它，大家都这样叫，觉得字、音挺贴切。

捉这种鱼很简单，天气温和的时候，用小臂在水里圈成围子，挨着泥，慢慢往水边高处搂，待水面下沉，就会发现臂弯里的泥水里有黑点动弹，然后寻着那黑点很容易捉到它——它那迷惑人的保护色点也倒成了出卖自己的标记。

除了"嘎丫"之外，海子里还有喜欢浮在水面上的"鲢子"、稍深处的"厚子""草虾"和泥里的泥鳅。用两根竹条、一块笼屉布扎成一个靠十字竹片弹性支撑的网，里面放一两块扒鸡骨头、半块窝头，浸到离岸约两三米远的水里，不一小会儿就可以用竹竿"搬"（俗语，挑起来的意思）起网来得到各式各样的小小"鱼货"。

水里最多的大概是鲫鱼了。这些小精灵显然智商高得多，除了用钓鱼杆钩上蚯蚓、小虫这样上好的活饵耐心去钓，靠"搬网"断难骗得过它们。

大概是海子里的水不流动的缘故，时间稍长，小鲫鱼就会变化自己的颜色。每当雨后天晴，空气爽朗的时候，红的、粉的、花的，一群群的小鱼就浮上水面来。鱼群集中在孩子们看得见却够不到的水面中央，个个嘟着圆圆润润、湿漉漉的小嘴在水面上快乐地吐泡泡。每到这时，大些的孩子就拿着"网抄子"（带把的网兜）朝着离鱼群最近的海子边转；小些的孩子们就会在岸边的高处，傻傻地、有节奏地喊：金鱼！金鱼！……

偶尔水边会响起一两声清脆的蛙鸣。突兀的响动加上孩子们的呼喊，天然合奏成一曲世俗而空灵的乐曲；端着网抄子在海子边"趸摸"机会的大孩子，会不小心惊起水草根部或莲蓬顶端成双成对的蜻蜓，构成一幅童趣盎然的隽永图画。

成年离开了小城后，在北京听说青龙桥很幸运地"坚持"到八十年代初。可惜跟北京建造二环路一样，后来在修建新的环城马路时被拆毁了，那些石条、石板也从此不知去向。伴随着青龙桥的拆除，早先处处可见的海子、金鱼、莲藕、蜻蜓都在不知不觉中渐渐地从人们的视线里消失，本来就难辨真伪、不易考证的黄天霸与窦尔敦的传说也就越发没人感兴趣了。

九十年代初回老家，马路明显地宽敞了，沿街都建起了两三层商居两用的"商住楼"。一眼望去到处都是商店。传说中旧时小城的商业繁荣景象似乎回到了眼前。

新世纪再回老家，路边的商住房正改建成高层住宅。城市中心拆出了与人工湖连接成一片的宽阔广场，广场周围的楼差不多与九十年代初北京前门大街的一样高了。旋转的塔楼餐厅、拥挤的停车场——已经完全看不出离开小城时的模样了。居高鸟瞰，彩色迷幻的灯光、波光粼粼的水面、熙熙攘攘的人群……让我恍惚间以为又回了异国，正流连在欧洲的都会。

出国后的几年，外国都会那紧张而充满危机的淘金生活，把日子整年整月地过丢了。偶然有一天想起了旧时海子里的金鱼、想到了故乡的小城。相比之下埋头挣钱的生活一下显得贫乏而无聊起来。不久，我们在布拉格郊外的小镇边上，买了房子、土地，种了瓜果、挖了鱼塘……于是就有了春天满树的桃李花，夏天满地的蒲公英，秋天满园的豆角、黄瓜花。又见到了蜻蜓、水蛭和小鱼。

找到了儿时感觉，内心豁然开朗起来。心情像仲秋傍晚蔚蓝天空下的金色阳光一样，温暖而清澈。空旷的胸襟如同飘着云丝的苍穹，清新的气息就那样滋滋润润、甜甜绵绵地涌进来。寂静中，听见心悠然地对自己说：是啊，多好。

出国十几年，无论是住在高楼林立的欧洲都市，还是古色古香的波西米亚小镇，每天醒来总有一会儿短暂的恍惚——这里是不是我的故乡——于是就想起了故乡的小城，想起午后透过大槐树的枝叶斜着射入故居小院内斑斑点点，却是暖暖亮亮的阳光，想起阳光下提着装满了青青绿绿的菜篮下班归来的母亲，想起"海子"、青蛙、蜻蜓，想起鱼群湿漉漉的嘴，想起初吻与热恋……

多年后，走在故乡崭新的道路上，已经没有了幼时熟悉的任何东西。面对现代化的进步、富庶，欣喜之余，总有一丝莫名的惆怅。怅然间，不由得会想起熟悉的布拉格。想起那里几个世纪都不曾变化的整条整条的街道和无数个历经百年的小广场，还有千百年存留下来的光光滑滑的石子路。不由得慨叹：我们的祖先给我们留下了从未中断过的丰厚而深邃的文化，却不能留给我们长寿的建筑。房屋的土木结构，注定了我们需要不断更新。而这种不断的更新和布拉格几百年不变的满城古建筑群相比，我们有多么大的资产浪费和文化损失啊！同时，习惯了不断更新的我们，又无奈得丢失了多少美妙的童年回忆。

我们在布拉格郊外装修才买下来的房屋那会儿，大门外一位鬓发斑白的老者向我恳求："您好！先生。我从德国来，离开这里已经三十年了，您可以允许我进来最后看看我的出生地吗？我得了癌症，才从我父母的墓地来。明天我就回德国了，也许我没有机会再……"开门迎接强忍哽咽、满脸泪水的蹒跚老人的时候，我想起了自己故乡的小城。

听到"长亭外古道边……"的歌，我会想起故乡的小城。徜徉在江南的绍兴、吉林的松花江畔、澳门的大三巴，我会想起故乡的小城。行走在费迪南德王子的猎宫、扬胡斯伫立的老城广场、突尼斯水城、巴黎圣母院，我也会想起故乡的小城。

故乡的小城里有我童年的梦想、幼时的欢乐，更有我永难忘怀的亲情……

如今，在异国的月光下，故乡，是我熟悉的梦。梦里，便是我深深眷恋的小城。

春天是最美丽的

由于我国的农历只针对北半球亚洲的部分地区，所以，常年生活在海外的一些华人就逐渐淡漠了故国历法。而农历新年，却像生物钟一样深深地镌刻在每一个炎黄子孙的心中。

仔细想来我们的春节也是蛮有趣味的，它和公历的元旦相差二十至四十天上下，主要按照月亮的盈亏计算，而忽略地球与太阳的关系，把地日、地月的旋转角度差和时间差用闰月的办法来解决，却也体系完整，自圆其说。

且不说哪种历法更加科学、实用，只就以月亮为依据设历一点，农历比公历似乎更贴近日常生活、更加简单明了、更具有朦胧的诗意。

万物生长都必须依靠的太阳虽然带给我们不可替代的热量，然而你不可能贴近它，仔细观察它，向它倾诉。它毕竟离我们太远、太远，我们只能遥望着它赞美，就像以前的有些年间崇拜远处看不清楚的人间的神。而月亮相反，它依附并围绕着我们居住的地球旋转，像孩子、爱人一样与我们形影相随，相对凝望，互相欣赏。

有一点是不容置疑的，中国的春节距离春天更近，春的气息更浓。

春，象征着严寒冬季的结束，象征着束缚闭锁的解除，昭示着自由、温暖、复苏、爱情的到来。所以，春天的节日，才是最值得好好庆祝的。

比起庄严肃穆地庆祝一个伟人苦难诞辰的圣诞节，春节显得更洒脱、更轻松、更平民化。于是春节便在东方的一大片土地上一代代沿袭下来。秦皇、汉武，老、墨、儒、佛，周、唐、元、明、清……多少豪杰，多少盛世，哪个能和百姓心中的春节相比呢？毕竟这是老百姓自己的节日，是他们从祖先手里接过来又要传下去的节日。

在这一天，"多重多重的心事今天也得放下，多远多远的路程今天也赶着回家"。千里万里赶回家中的儿孙热热闹闹地围坐在白发老人的周围，包饺子、挂灯笼、贴春联、放鞭炮……多美妙、多古老的一幅千年不变的天伦之乐图啊！

春节是成年人休息的节、是孩子们快乐的节、是老人心仪的节！

曾听到一个让人心动的故事：在一家人的年夜饭桌上，总有两套不曾有人动过、盛满了饺子的碗还有筷子，那是已经失明了的老母亲给两个出门在外没能回家的孩子准备的。她明明知道他们不可能年夜里回来，但是在母亲的心里，他们就亲亲热热地坐在她旁边。于是，她嘴里念念有词地让他们少喝酒，多吃菜……

现在不同了，有了电话，可以在任何地方给母亲拜年请安。现代化给我们帮了这样大的忙，使我们可以在条件不允许回家的年夜安慰自己的双亲，也安慰自己的心。但是，每当想起那个失明母亲的故事，还是觉得那幅古老的天伦之乐图更美。在那里，有着最珍贵的人性的春天。

凡是到过中国，见过中国家庭过春节的捷克人，无不称羡我们民族的人性之美。那是很多的钱、很好的空气都换不来的呀！

饥馑、动乱的日子过去了，我们为此缺失、枯萎的人性也就获得了春天。我们也就有信心迎来没有欺诈、没有强权、没有欺辱的新生活。

毕竟，春天已经来到了。

波西米亚的周末夜晚

波西米亚（Bohemia）风，是已经流行了一段时间的自由浪漫的代称。很多人误以为它是一种带着浅色Kaky色彩的法国浪漫风格或时尚。其实，它最早是用来称呼欧洲中部的一小片土地和生活在这片土地上的一个民族的。

波西米亚是捷克共和国的一部分。这里四季分明、环境优美、物产丰富，曾经是世界上最富饶的土地之一。无忧无虑的生活和自在自乐的生活习惯，养育了追求自由和浪漫的捷克民族。

经互会解散以后，那个噤若寒蝉的梦似乎一夜间离捷克人而去。这块土地和它的主人们很快恢复了原有的天性。城市里，音乐厅、迷你电影、冰球、足球、打猎、垂钓、单身酒吧、裸泳场……复苏的波西米亚似乎很快就恢复了本来的姿容。

然而很少人知道，真正的波西米亚风情只有在周末乡村的酒馆里才能找到。

夏季，捷克周末的下午是最忙碌的。很多城里工作和生活的人们会乘着各种交通工具往自己乡下的"家"里赶。所以，这时候出城必须有塞车的准备。

多数捷克人都有在乡下的"家"。只是富的可能是一幢豪华的别墅，周围很大的花园；穷的可以是一座十几二十平方米的一层或两层的小木屋加旁边一块小小的花园地。

在捷克社会主义时期，每个家庭都可以申请成为国家园艺协会会员。这样就可以向国家申请购买一块 400 平方米的"花园"。当人们用象征性的价格买下土地后，就能通过每年缴纳少许的管理费用，以花园合作社成员的名义永久占有和使用它。由此联想到我国农村早年"三自一包"政策中的"自留地"，与捷克的这种政策似乎有些类似。不同的是，"自留地"是我国留给农村社员补偿家庭粮菜收入缺口的一种生活补贴手段，城里人是不可染指的。而捷克的花园合作社面对的主要是城市人，为每一个有兴趣的国民提供休闲娱乐的去处。于是就有了这样的现象：私人花园的邻居之间为了把自己的花园和小木屋修整得更加美丽、更加与众不同，不惜几十年如一日地投入大量的时间、金钱和精力。穷人和富人都可以把自己的花园整理得很漂亮，人们在休息娱乐的同时自然地隐去了穷富之间有没有别墅的感觉上的不平等，又促进了人们的野外活动和身体锻炼，扩展了全社会持续消费的范围和数量。更重要的是人们在花园里的劳动中可以接近自然、享受生活、体味规律，在变化生活方式的过程中让生命得到放松和舒展，让平日里单一工作方式带来的紧张、疲劳得以及时缓解，促进人们的生理和心理及时恢复到积极状态，投入到新的工作中去。自不待言，在乡村的生活和劳动中，捷克人也传承和发展了自己的民族文化和传统。

夏日的周末，半数以上的捷克人都回到了乡村。白天，他们忘我而愉快地劳动在自己的花园里，傍晚，他们纵情嬉闹在篝火边。这时，家庭的气氛会变得特别温馨和浪漫。人的心里便自然生发出美妙的联想和情思。

孩子们自然是喜欢出门的，他们从小就在快乐的郊游式劳动中接触自然，接受劳动、收获的熏陶和感染，对于生物和作物的生长规律、对于劳动成果的珍惜、对于劳动者之间的尊重与配合，在自然而然中逐渐得到了滋养。周末的大街上少了充满能量又无所事事的青少年，无形之间也减少了社会治安的压力。

到捷克之前，一直认为"捷克修正主义"会有很多"需要解放的劳苦大众"。他们只吃得起"黑"面包，买一千克黄瓜要花二十多元人民币（那时冬天中国最贵的黄瓜才五块钱一市斤）。

到捷克人的"花园别墅"去过之后才知道，我们先前的闭关锁国带给人们的是怎样的孤陋寡闻。

几乎所有去自家花园的捷克人都是开着汽车去的。按照捷克的交通法，小轿车可以在顶上安装架子，让人们放自行车用；车后面可以挂拖斗。轿车本身加上车斗和装载物的总长度不超过12.5米就算合法。在中国这简直就是不可想象的。

在一年大部分季节里，我们经常可以看见这样的画面：周末下午，主妇们早早买好了足够两天用的食物、饮料及一应杂物；男人们准备好了汽车并把一家人的几辆自行车固定在车顶；拖斗里放满其他生活和娱乐用具。一家人便有说有笑地乘车向乡间的"家"出发了。

到达以后，自然首先是放着音乐，开窗透气扫卫生。接下来有浇花、剪草、摘果子的；有挎上藤篮准备散步采蘑菇的；有打点自行车装备准备锻炼的；也有擦拭猎枪、整理渔具准备出发的。

母亲们会开始张罗着安排大些的孩子们劈柴摆桌，准备傍晚的烧烤；或者父亲哄着儿女们往树上拴吊床，给小小的便携游泳池充气加水……

更多的人喜欢把许多"工作"留给明天，抓紧时间贪婪地呼吸乡间的新鲜空气之余，会隔着矮矮的绿色野果子灌木栅栏与邻居高声相约着晚些时候一起到乡间的酒馆去。

在捷克，有几十户、百把人的村子很普遍，而乡村酒馆跟足球场一样，几乎每个村庄都有。乡村酒馆大多追求复古式的装修，家具常是几十年或上百年不变的、带着亲切和朴素感觉的无漆原木样式。你只要看看客人们宾至如归的神态就会明白，那是他们熟悉并深深眷恋着的地方。如同多年的老朋友，常年对你坦陈着一如既往的友好和忠诚。

乡村酒馆很少有高大的窗和明亮的灯具，昏暗的光线下，长长的原木桌子上点燃一排短粗的蜡烛，那摇曳的烛光充满古代欧洲的韵味，浸渍着一种神秘的暧昧情调。木桌两旁，会稍嫌拥挤地坐满相识或不相识的男男女女。烛光的舌头肆无忌惮地舔着暗处人们的脸，并把它们雕刻般凸显出来。让人想起那飘忽不定的生死界限。淡淡的烟雾中的人们诙谐而亲热地打着招呼，男男女女之间常常因为善意而戏谑的幽默引起众人哄然的笑声。

捷克人的冷幽默是出了名的。当遇到一个人做了可笑的蠢事，没有人说蠢。他们会说"这太漂亮了"，或者"傻得美丽"。

周末的乡村酒馆也是多年的邻居、朋友相聚的地方。亲切熟悉的气氛里，来自各处的人们显得毫无戒备，有的议论时政、有的兜售新闻，把一周或者更长时间里从外面带回来的信息、笑话讲给众人分享。

这时的酒馆，犹如一个喧闹的集市，平时讲话轻声细语又不随便插话的捷克人，这时似乎完全放下了矜持。许多人隔了桌子、位子同时讲话并互不影响。整个酒馆里像塞进了一群叽叽喳喳的麻雀，热闹非凡。奇怪的是，捷克人平时的"绅士""淑女"气派竟会有这样骤然的变化，习惯了安静的捷克人怎么可以转眼间接受这样的嘈杂。

啤酒是捷克人永远不可或缺的"饮料"。报上统计说，德国人是世界上消耗啤酒最多的民族，捷克人听了无不窃窃耻笑。后来捷克的报纸"郑重更正"说："那是指消费总量而言，而人均消费数量，捷克人比德国人多出两成半！"看来酒量也可以表现一个民族的某种优势。

乡村酒馆里，几乎每个男女跟前都有五百毫升的大扎啤酒。旁边必有一张画满了竖道，记录消费量的纸条。结账时一道一道地挨个儿数。曾经向一个捷克酒保朋友介绍中国人用画"正"字记数的做法。捷克人在赞叹中国人聪明之余认真又固执地说：还是留着——指指那记数的纸条——这个好。这才是我们捷克的方式。

男人们一晚上常有喝七八扎的，女人喝三四扎也是一般情况。其间还会相互即兴赠予威士忌、伏特加、葡萄酒，及其他果酒等酒类。事后虽然少不了醉酒出洋相的，但是舒坦、尽兴的确是难得的。

一般乡村酒馆都有一项不成文的规定：本地前来演奏音乐的乐手们喝啤酒是不需要付费的。作为交换，他们将为酒馆免费演奏各种曲目，自然最为流行的还是古老的捷克民歌。通常，每个村子里都会有不少乐手，他们使用不同的乐器、组成不同的演奏组合。一般情况下，使用的乐器有吉他、大提琴、手风琴、单簧管、双簧管、萨克斯管、吉他、长号、圆号、风笛等，凑得其中的三五色乐器已经足够，没有定式，全看当天的组合。无论哪种组合，配合多年的乐手们都能奏出和谐、熟练而令人陶醉的旋律来。间或也有独奏、二重奏，这样就不会耽误演奏者抽出时间来亲近自己的爱人和"照顾"同样令人难以拒绝的啤酒了。

乐声响起的时候，有人唱、有人和、有人哼，有人眯着眼睛摇头晃脑、击节颔首，也有激情难耐捉对起舞的……其乐融融的人们没有任何拘束和制约，完全坦然自在地把自己融进音乐里，成为古老乡村酒馆的一部分。

演奏是即兴的，歌唱是即兴的，舞蹈也是即兴的。不同的是捷克人的歌唱不特别要求洪亮、铿锵、高亢，却肯定是自在、准确、流畅的，讲究抒情、冶性。不像亚洲人，关上屋门自我陶醉在跑调、破嗓尖声的卡拉 OK 里。捷克人凭借平日里良好的素养和习练，随便一个示意的眼神，人们就可以很好地唱出分声部的合唱、重唱、轮唱来。一些人会根据整体声音的和声音色变换自己歌声的声部或高低音，以弥补人数变化带来的和声不平衡。一个手势，独唱、领唱、合唱、重唱就会从容转换，就像一个浑然天成、久经磨炼的声乐集体。唱到兴致高处，起舞的人就热闹起来了。有时是一两对，有时是满屋子人一起。没有人组织，没有人指挥，没人考虑种族与身材，没有人计较年纪和相貌，全凭当时的兴致和机缘巧遇到的近在身边可以拉手的人。

在这里你可以参加游戏，也可以什么都不做；可以跳出来成为一时主角，也可以坐在角落，擎一杯酒静静地欣赏。

当我们融入这乡村的酒馆里之后，我们很容易看到东西方的文明差异，看到源自同样人性基本需要的不同习惯和不同的表达方式。

周末的酒馆通常会组织一些有趣的游戏比赛。比如女子给男子系领带比赛，男人给女人解鞋带，比赛喝啤酒速度，脱口秀式的荤段子比赛……

有一次赶上一个"特别节目"，酒馆的老板先让夫妻分开，男女搭配坐好。然后宣布进行一个新的比赛游戏：女士们在黑灯的一分钟内，看谁能够得到身边邻座的男人"最有价值"的一件衣服。

话音未落掌声骤起，随后便是一阵兴奋的喧哗。在"主持人""三、二、一"倒计时的过程中，女人面颊潮红、眉波荡漾，男人们则带着某种期盼傻呵呵地笑着。熄灯的瞬间，像有个怪物立时把声音全部掠走了一样，整个黑暗的酒馆里刹那间变得鸦雀无声，俄顷，各种奇怪的、暧昧的声响渐渐地由小变大，有娇嗔、嬉笑声，有轻微兴奋的打闹声，也有扭捏的羞涩哼唧声，各种杂七杂八的声音混杂在一起，乱哄哄的像个集市。

一分钟后，灯重新亮起来，人们的脸也跟着亮起来。没有下流的眼神、没有淫荡的情绪，眼睛里所有的只是欢乐。

女人们按照次序，一件件拿出故意藏着的各式花色、各种形状的令人笑死的男人"衣服"，一波一波的欢笑让每一个人都忘记了身外的一切。最后，一个拿到男人性感丁字裤的女士被一致选为"冠军"。女人在众人的哄笑下，红着脸领回了作为"大奖"的一盒情趣避孕套（上面有动物图像和仿真耳朵、犄角……）。谁料被剥掉了内裤的男士蹲在桌下，用手举起一个女人的胸罩说："不公平！我也要大奖！"众人望去，桌沿上只看见一颗脑袋，立时笑炸了锅。他却装着郑重其事地调侃道："她忙,我也不能闲着呀!"当下许多女人笑得捂着肚子弯下了腰,有个小伙子甚至笑得躺到了地上……

乡村酒馆里的时间过得很快,不知不觉间就度过了大半个夜晚。

午夜,当人们带着满脸的愉悦、迈着飘忽踉跄而轻松愉快的脚步踏着清白的月光往回走的时候,他们心里也许会担心:家中篝火旁与邻居们即将开始的下一个"酒会"上,傍晚才放进冰箱里的啤酒够不够凉。

舍命的女人们

沂蒙山，孟良崮。这里是粟裕率领的中共华东野战军与张灵甫率领的蒋军王牌 74 师生死决战的地方。

暮冬的日落时分，小小的山丘近处枯草凄凄、冷风阵阵。太阳正疲倦地合上眼睛，模糊的远山正渐渐暗淡下去。苍凉的晚风中，似乎可以听见来自远方的隐隐约约的声响，似乎十分壮烈激荡，又似乎非常凄厉哀婉……像呐喊，又像是抽泣。我的心似乎被牵扯到那个时代，但只是站在了那时代的外边：我痛心地看见一个个麻木跌扑的生灵和他们背后哀痛悲伤的父母妻儿……

角落里的一幅绘画引起了我的注意。讲解员说出了一个壮烈而凄美的故事：四七年冬天，蒋军重点进攻山东。村里的壮年男人们都支前上了前线，除了老幼只有妇联的几十个女人。下午六点接到区里的通知：晚上九点要在村前的小河上架桥，让部队通过。桥的质量要保证、时间要保证、保密要保证。

初冬的天已经很冷，河水要结冰了。别说妇女们不会打桩、架梁、担椽子、铺秫秸压土这些活儿，就是男人们在家，这点时间也不够找材料，架桥。十几个妇联委员作了难……一个女人埋怨道："没有东西总不能搁人扛吧？"一句话提醒了妇联李主任："对！人扛！"

"能行，那河的水现在也就齐腰深！"刘家大嫂识水性，夏天经常带着孩子去河里洗澡。

"对！现在大家照着个头儿找伴儿，四个人一伙，找结实门板去！找到马上回来！"李主任的命令一顿饭的工夫就完成了。

"门板接头挨着的四个人，搂成一堆儿，省得晃荡了，把'队伍'掉水里！记着了？"李主任简要明确又实用地命令着。

天黑了，等着架桥的姐妹们挤在一起，趁着黑天、趁着人多、趁着这紧张而有些激动的气氛和起哄热闹的情绪，叽叽喳喳地说着那些平时没机会提起的男人、女人、炕上、炕下的话题，一波一波嬉闹的哄笑不时从黑暗中爆发出来。

来了解放军的三尖兵。女人顿时静了下来，跟着传来了裤裆间的棉裤因走路摩擦出来的"嚯！嚯！"的众人走路声。

"下水！架桥！"李主任一声喊，不待半袋烟的工夫，冷水中的"人桥"架好了。

团长见了不忍心，满眼热泪地喊："嫂子们，不行，俺换你们上来！"

"你想让我们完不成任务吗？"李主任站在水最深的齐胸处大声喊："你们不怕死，俺们不怕冷！咱谁都别当孬种！"随后用力挥一挥手——"快过呀，你！"

团长怀着满心的敬佩与感激带着队伍过河，战士们尽管轻下脚，但是带了重机枪、弹药、军需，下脚还是很重。

女人们沉默了，不久就唱起自我表扬的歌来鼓舞士气："大嫂子，你真好，打日本，热情高……"

半个小时后，女人们都开始在水里瑟瑟发抖，突然范三妮脊梁一软——"哎哟！"众人把歌声停下来——"怎么有虫子往俺的"腿"（裤裆）里钻啊！"

"你不是来那个了吗？那是小参条（一种小鱼）闻腥来了！赶明有了男人，还往腿里头钻呢！"刘家大嫂说罢，水面上传来女人们那有着特别意味的笑声。

两个小时后，女人们的腰和牙谷在冰冷的水里都颤抖得麻木了，再也没了歌声和笑声。上得岸来，全都默默地不出声。"这不得坐下病啊！"人群里传出懦声的埋怨，范三妮竟抽泣出声来。显然大家都有点儿后悔。

"走！村东头老张家喝姜糖水去！"李主任低哑的语气显然不光是因为冷。

两天以后，传来蒋军王牌74整编师万余人被歼灭的消息。

一个月后，上级给这个女子架桥队授予"英雄架桥班"光荣称号；15年后，28个架桥女十多个未能再生养，大多落下腰、腿、肩、腹痛的老病……

故事结束了。那份壮烈、英勇，在欢迎台商的鞭炮声中只能给人一种凄凉、残破的美感。而我更感兴趣的是女人们的行为：为了感性的认同——舍命！

她们的男人舍命打蒋军，所以她们也可以舍命为打蒋军服务！与其说她们的阶级觉悟高，不如说她们在内心与男人合一的认同。其中既有母性的爱护、保护意味，又有女儿性的依赖和随从。她们循着感性付出——全部毫无保留地付出——又有后悔，对自己生命的眷顾。

想起湖南卫视的《勇往直前》节目，两男一女三个艺人做一次公益表演。才到高处，面对孤立百米的高台，女人最胆小、最排斥，不停地大声尖叫。随后却不可思议地在最短的时间被劝说得"认同"了自己是否做蹦极，关系到贵州某贫苦地方小学生的校舍能否得到援建款项这样荒谬的命题。以光荣奉献的心情、以毫无美感的姿势哭叫着勇敢地跳了下去。而那位一直以西部牛仔装扮、冷面炫酷的男星，面临百米蹦极高台时却双脚颤抖、始终止步不前。相比之下，弱女子与酷男子竟形成了如此巨大的反差……

又想起为情抑郁的、疯狂的、殉情的女子远远多于男子……

人的情感有着令人不可理解的规律性：女人们谨慎地守着自己的生命，等着、招引着那个命中开自己锁的人拿着那把特别的钥匙来——然后全部毫无保留地付出——再后来男人变坏、受伤、后悔，开始疗伤、恢复后又义无反顾地投入下一次追求永久爱情的循环。

女人生命需要的合一是生命整体的合一，是长久稳定的合一，这与人类的稳定延续、繁殖需要是一致的，是与她们的生命的结构、生育本能（如每次正常排卵一粒）一致的。

而男子相比较来看是天然的破坏者，他们生命需要的是多方面的竞争、殊死的竞争。这与人类的进步、发展的动力是一致的。是与他们的生命结构、生育本能（如每次正常排精千百万）一致的。

或许女人合一认同状态下的舍命，正是男人们所畏惧的。这就使得男女双方不断地重复聚散的"过程"。休整、歇息之后，进入下一个循环……

女人的生命需要与男人的生命需要如同两条相对的正弦曲线，

有很多交叉，也有很多分离。这种运动中的平衡，会按照自然走向生成共同续存的状态。而当今社会所规定的一夫一妻专偶男女关系，已经被赋予了道德、法律、文化等种种"文明"的绝对标准和尺度。正是这些"文明"，改变、扭曲了男女关系应有的自然状态，使得男女的生命需要差异呈现出矛盾和斗争。因此，只要如今"法定"的男女结构关系不改变，男女生命需要之间的"战争"就永远不会停止。

人类要延续、繁殖，也要发展、进步。人类需要尽量多的幸福和尽量少的痛苦。在全世界各地的道德卫道士们一起对当今世风日下的男女关系痛心疾首、嫉恶相向的时候，在"混乱"的男女关系和对这种"混乱"关系的诅咒及辩护的嘈杂声里，我却似乎从一夫一妻专偶制必然破裂的渐进声响中已经隐约听见了女人追求的永久合一与男人追求的不断竞争之间相互和谐、"道法自然"的风笛声。

来自星云的寓言

凌晨三点醒来，全然没了睡意。因为素日练习气功，一般感冒都不显现头痛、流鼻涕的症状，只是轻微咽干、鼻塞，间或头沉，并不影响工作。于是，在这个漆黑的冬日夜晚，我边做呼吸操练功，边透过床头上的顶窗看晴空中的星星……它们密密麻麻地拥挤在一起，成为背景，而向来被人误认成北斗星的小熊星座——勺子七星——像台前作秀的"艺员"一样突出而明亮。

无聊得试着让自己"逗"起眼来看那窗景，想看看是否可以得到看"三维画"那样的立体效果……

奇迹没有发生，星群还是密密麻麻的样子。区别是它们好像在动，似乎正一起向我扑了过来……骤然间，我想到了昨日写的《舍命的女人们》中千百万精子与一个卵子的事。想：或许那在卵巢里发育成熟已经走出卵巢并舒适地躺在输卵管里焦急地盼望着精子的卵子看见的就是这样一种千万骑来袭的景象。

练完气功，舒适的身体逐渐进入了一种懒懒散散，神志迷迷糊糊而感觉却十分清晰的状态。接下来的图像、文字与其说是梦，不如说是臆想。到了豁然开朗处，竟然会惊喜地庆幸自己会有这样的开悟：

男人、女人的种种社会表现，竟然是来自他们生命内部状态的外部反射！是他们基本生命系统（繁殖系统）对话的直接浮现！

现在回想起来，如此怪异而有趣的图文或许就是来自那团星云的寓言：

卵子从卵巢里出来，天生就是以逸待劳的。它先找好舒适的窝，调养好自己。它知道，自己的状态不对，就会做出错误的选择。造成错误的结果（婴孩先天缺陷）。准备好了一切，卵子就开始做功——释放雌性信息了：给它的寄主某些荷尔蒙，让她快乐地期盼、愉快地焦躁；给她另外一些荷尔蒙，让她的表皮细嫩，微微充血；让她的行为婀娜柔顺、声音充满温情……它知道，只有这样，它的这个"偶"——寄主，才会更吸引异性，招致异性接近，直到精子像星云一样向自己扑来——这不正是自己想要的吗？

精子们并不像没头苍蝇那样在黑暗的巷道里乱窜、乱跑碰运气。它们有最好的导航系统，始终接受着来自目标的信息，所以知道目标在哪里。它们像海里的沙丁鱼群，看似混乱，实则有序地朝着共同的方向和目标努力！虽然它们竞争，但没有相互间的暗算、使坏；虽然它们赌的是自己的生命，却不会后悔耍赖、怨天尤人。只是——千百万个竞争者只有——一个目标……

于是，竞争、竞争，占有、占有……精子们个个气喘吁吁地想着同样的问题：这可是生死攸关的较量，只有叩开了卵子大门的那个——那唯一的一个，才能换一种方式继续生存，延续自己的基因……

卵子盼来了自己的所求，却并不急着接纳。它要"选择"。它浑身布满像鱼鳞样的鳞状卵泡，每一个都是一扇门。面对众多"申请"者，她并不给最先到达的优先权，也不给最急迫的任何照顾，她一视同仁、平等对待。她不看对方是不是貌美、是不是时尚这些表面的东西，只看对方内在的能量是不是最强、频率是不是最合拍。实际上，卵子并没有眼睛，它是用"心"来看的，也就是人们叫作生物场的那种电磁感应来判断的：谁是此时此刻、此环境下最适合我高能基因要求的，是与我的频率最"谐振"的。

精子们表面矜持、内心焦急地表现自己的多才、表现自己的强大、表现自己敦厚……到处都是孔雀开屏。

卵子虽然心里着急却不表现出来，它知道，它的选择对应着很多烦琐的后果，万一选择失误，就会是一场灾难。假若没有合适的，宁可一个不选地牺牲自己，也不饥不择食地制造后来的牵累。

精子（Y）们的目标是确定的，它们需要的对象是卵子而不是别的什么；精子（Y）们的目的是多重的，那就是以最大数量占有的形式，最大限度地延展自己的基因。无论有多少卵子，无论是一个寄主还是多个寄主，它们都很愿意分别给予照顾，不管是这一个，还是那一个。

卵子（X）们的目标也是确定的，它只要最好、最强、最适合的那一个精子；卵子（X）的目的是单一的，就是让那颗被选中的种子在这里与自己融合为一体，生长发芽，结出共同的果实来。没有特殊的变故不再对其他精子感兴趣。

所以当卵子终于选中了自己的最爱，把它放进来后，就断然关紧所有的门，不让另外的精子进来，并把包括自己在内的这里的所有主宰权交给自己选中的精子，一切听它的安排。心想：如果接下来对这个被接纳的精子不满意，要与它分离，就要搭上自己的性命作为代价。

自然这个幸运的精子要做的第一件事就是与卵子一起把所有的门落锁，再也不让任何一个精子进来。哪怕外头面对死亡而呼天抢地的千百万同伴的万般企求，它也不会稍稍心软。

失意的落选精子们个个都是愿赌服输的真好汉。虽然失去了千百万比一这样悬殊比例的机遇，他们也决不造反生事，更不会成立工会，打起横幅上街游行。它们甘愿自行退出竞争，坦然地把自己的生命付与冥冥天地，就像窗外渐渐暗去的星云。

最后留下的，就是那个合一的整体。那个千百万分之一幸运的、快乐幸福的优秀的新生命。它有资格和权力骄傲，因为只有它才是这场秀的明星、才是这场战争的胜利者。你看那小熊星座的勺把，不就是还没有最后钻进卵子里去的精子的尾巴吗？那样惬意悠然地摇摆着！

相对于生命本身的需要，我们的文化、文明给生命增添了诸多难以忍受的枷锁，使得生命的自然状态受到约束和扭曲。平等自由的准则被强权取代，愿赌服输的品德被只讲结果不计过程的猫论置换，个性的伸张，被限定在物欲的范围内，共性的约束，也被金钱套上了绳索。生命渴求回归自然的呼声被时尚、道德，规范、法律所遮蔽。而这些文明的尺度所做的，恰恰与它们要达到的辅助生命的目的相反。于是，生命开始反抗、挣脱——社会上违背旧道德、规范的现象越来越普遍。

面对道德与生命的角力，我们似乎忘记了追根寻源探求问题的出发点——生命本身的需要。我们常常是站在文明的梯子上挥舞世风日下的批判大旗与生命的呼喊唱反调。

结果是明显的，不是法规建设不够，不是道德意识不强。是社会尺度、社会结构本身发生了错误！深究其原因——竟然是生产、生活资料和生活方式的私有制！写到这里，好像该是另一则寓言了。

糁

　　"糁（Shen，四声），是什么吃的？"在著名商品集散地临沂，走进一家小饭店。因为饭店的门楣上赫然贴着独独好大一个"糁"字。心想必定是种吃物，并且与糁有关。山东南部，就管玉米糁子叫"棒子糁子"。于是品尝"地方特色"的欲望也就立刻被勾了起来。

　　老板娘一身臃肿的棉衣，身前挂一个看上去质料难辨的硕大皮围裙，红脸庞、浓眉毛，一口健康的白牙和爽朗的沂蒙腔："哪里什么糁（Shen，四声）哦！那叫糁（Sa，四声）！"一个自诩喜欢写字的人，被一个食肆摊上的大嫂纠正错字，少不得心下有些窘。

　　自从脱离"单位"游走"江湖"，好的赖的大都尝过以后，慢慢走出了只点贵的、高档的菜肴的阶段。每到一生疏地方只点本地的特色菜肴，虽然有时不是"最好"，但猎奇的期待总是很少落空。

　　在欧洲，饭店也有招牌菜，只是它们往往长久地坚持本地特点，而不像我们国内时兴的，一窝蜂似的追时尚，都向海鲜、山珍、奇物那边"顺"。相反，欧洲人的特色菜，被简称为厨师长菜，多是用很古老的烹饪方法做，以古朴、老到为炫耀，往往他们会自豪地告诉你："这是 17 世纪流传下来的手艺。"

一般来说，可以经世流传的菜肴都有独特的味道，很少令人失望。于是在欧洲点厨师长菜，既得口福，又"吃"文化，是百试不爽的经验。

"这糁怎么卖啊？"我用大嫂教会的读音（Sa，声飒）问道。

"三块五小碗、五块大碗；鸡蛋加六毛！"

进得里面，那卫生让人起疑，而锅里飘来的香味却让人无限向往。

但见那大锅坐落在高高垒起的锅台上，厨师站在高高锅台旁边的台阶上才能工作。锅沿离地面约四尺余，口阔近一米，深不可测的样子只能从厨师手里的勺柄长度来大致判断——起码一米深。粗算一下，这锅足有一个立方米容积的糁按照 500 立方厘米一碗分，应该可以盛2000 碗！

盛在碗里的糁呈紫灰色，面糊状，似乎没有什么颗粒。上面十几片薄薄的牛肉和少许香菜。样子有点儿恐怖，似乎味道还行。环视周围满当当"热情洋溢"吃糁的临沂人，偷偷向他们学"吃艺"，才发现这糁的吃法与陕西的羊汤类似，是与烧饼配餐的。把烧饼细心掰成小块，泡进去，过一会儿再慢慢捞着吃。也有着急边大口喝糁边大口咬烧饼的，也有用胶东煎饼或油条替代烧饼的，食用方法类似。

糁有很复杂的佐料味，像故乡德州的扒鸡，味道很重。据说聚合了八种谷物和十几种中草药，有很强的补益功效。再就是用很多胡椒，烫烫辣辣的，很开胃。

带着怀疑的心思开始品尝，就想起第一次吃炸"起司"（奶酪），捷克朋友像做牛排一样，把各种奶酪切成长方块，扑面粉、裹蛋糊、蘸面包屑——油炸。第一块，香喷喷的奶香味让人眼睛禁不住瞟向第二块……谁知第二块刚入口就被我吐出来——那臭味超过了……那什么，与 1976 年唐山地震后满街尸首的味道接近。因为据称，蛋白质含量越高臭味越大……随后就是不停的干呕……

原来不仅北欧的挪威、丹麦人会做超过臭鼬味道的臭"起司"，中欧人也会，不过没有人家那么有名罢了。后来为了表示自己已经入乡随俗，每到这道菜，就心下念叨"臭豆腐、臭豆腐……"然后才慢慢也可以对付了。

没想到这糁一入口，一股暖暖的感觉立刻从口腹漫向全身，一碗吃完，除了果腹之外，还觉得身体通泰、精神饱满。再看看坐满小饭馆的津津有味喝糁吃饼的顾客，终于理解难怪会写那么大的糁字，用那么大的锅了。

友人说很多糁店会在汤里加罂粟壳，让人欲罢不能。虽然难辨传说的真伪，我宁愿相信不是靠邪门歪道而流传下来的。否则仅凭一点儿手脚它不会成为众多临沂人一直喜爱的早点。

如今回想糁的味道，似乎已经茫茫然淡去了，头脑里只是留下一个大大的"糁"字。

端砚

　　捷克电视二台的摄像记者马丁是我的一个喜欢中国文化的朋友。前不久来家求我们帮助在一期与中国文化有关的节目中写几个毛笔字。自幼就讨厌费时间、磨功夫的毛笔字，根本静不下来的我，描红、大仿常常不及格。用心练写字是成年后的事了。

　　不知是祖上的遗传还是父亲的影响，成年以后我不知为何慢慢喜欢起毛笔字来。机关里闲着无事时，便写上几篇报纸玩。怕写大字太张扬时，便右手执笔、左手拿抹布，用毛笔蘸了水在桌面上写写擦擦。不知不觉间，不再羞于将自己的字示于众人。单位写奖状、纪念册或有人结婚、亲人故去凑份子钱买来贺礼需要附带写几句话时，会因为老木的字"好"而被请去书写一番。一点儿小小的显摆，心里会美滋滋地沾沾自喜一番。

　　铺好纸，拿"泰山燕子石"镇纸压平，取笔、添墨后，发现墨汁太淡，于是找出一得阁墨块和那块让我难忘的砚台把墨研浓。写了家、朋友、爱、学习，并用蹩脚的捷克语做了大概的解释。

　　之所以说手中的这方砚台难忘，因为它是过世的父亲留给我的物件。

80 年代，我去安徽出差，受朋友之托顺道去宣城代他探望一下他的老父亲。既到了宣城，便想顺带为离了休正练字的父亲买两支紫毫，让他闲时写字解闷。没承想朋友的父亲就在国营文具店工作，听说我有买笔之意后一定要送我两支。说是他可以拿着地道货，价钱也便宜。

父亲的毛笔字不愧是幼时在私塾里练的，离休前便是大院里的"知名"书法家。每逢年节，总有不少人来求对联和门心，老爷子自然乐于奉送。为了给离休后的父亲找"活"干，我趁经常出差的机会，给他买了不少碑帖、多种字型的书法字典、宣纸等。见老人家乐呵呵地真心喜欢，第一次为终于能报父母的养育之恩于万一而暗自高兴。

临离开宣城的那天晚上，朋友的父亲来旅店送行。除了精致的笔帘(可以存放湿毛笔的竹子做的小席子)卷着的两支上好的宣城紫毫外，还有一个如同棋盒子大小的普通纸盒。叔叔一边放下手里的东西一边高兴地说："这是一方肇庆麻坑的端砚，生产在 60 年代末期，因为品相土气，一直没人要，在仓库角落里被慢慢忘记了。昨天你说起要笔，我这才想起这回事来。今天找了一上午才把它翻出来。这东西样子不好看，但很下墨，而且又细又匀。自己用蛮实惠的。"

听说是端砚，我心里自是惊喜，忙掏钱包付钱。叔叔说："当时的进价很低，工农兵用品，也就几十块钱。我就按这个价帮你买下了，不值什么。若是让笔墨商人拿去请人雕花加工后再卖，现在恐怕得翻十几倍呢！"

叔叔不容我客气地接着说："看见你想着给父亲尽孝心，我高兴成全你！给钱就外道了。"事情到了这个份儿上，除了感谢，再无话可说。

父亲得了这块端砚后来信说非常喜欢。拿给几个墨友显摆，试过之后都说父亲得了个好东西。

几年后，哥哥姐姐们的生活都改善了，大家孝敬给父亲写书法的用品越来越多、越来越精致。在七十大寿那年，还得了一块硕大、雕工精致的上万元的歙砚。

父亲见我赞赏他收藏的几方漂亮的砚台，悄声对我说："就你给我的那个'土鳖货'好用，下墨又快又匀，起码它是真的。"听着父亲的耳语，少不得心里美滋滋的。

父亲病危的时候，我没在身边。从布拉格赶回去的时候老人家已经去世了。在父亲的书房里，兄弟姐妹几个都想选点儿父亲留下的东西，给自己留个念想。我选了这方父亲用得最多的砚台，还有请他老人家为我题写的几幅不同样式"悟善归道"的条幅，然后把它们精心包好带回了捷克。

我把父亲"还给"我的端砚放在书桌右首最方便拉开的抽屉里，每每看见它，都会凝神注视一会儿，这时，我不同年岁时父亲的样子便叠映在我的面前。

最早的印象似乎是模糊的，已经记不起是几岁的事情了。父亲从门外走进家来，一边跟母亲打着招呼一边忙着把二十响的驳壳枪连枪套一起放在柜子顶上后，随即弯腰把我抱起来用他的胡茬儿轻轻地在我脸上扎。我知道这是父亲最喜欢用的对我表示亲近的方式，虽然被扎得有点痒痒、麻麻的，但更多的是从这种特殊的"亲吻"中可以感觉到父亲那来自内心的钟爱。接下来父亲会坐下来，把我放在他的双腿上端详一番，随后便问又学了什么歌谣或者算数。

父亲、母亲都是打鬼子的时候参加革命的。后来和平了，便投入到了从未有过经验的社会管理中。开始的时候土匪、国民党残留的特务常会袭击国家管理人员（干部），所以到了一定级别的干部下乡调查、工作的时候都会配枪。那时在大院里一起玩的小朋友们谁家的父亲有枪，就显得谁家的父亲"官大"，当孩子的就会感觉自豪很多。正因为如此，父亲在我的感觉中很伟大，不但有枪，还是二十响的。

我们从另一个城市来到这座城市时，最早的一家幼儿园正要开园。于是我和母亲一起进了这家幼儿园，母亲是园长，我是幼儿。那时父亲叮嘱母亲最多的一句话就是：记得交代给保育员，别让孩子搞特殊化。

60 年代初，人们没有八小时工作的概念，父亲长年在外边下基层，驻村搞调查研究、直接帮百姓解决实际问题。一两个星期能回家待上一天半天的，就算是很不错的休息了。家里雇了保姆帮助姥姥照顾哥哥姐姐们，这样父母就可以安心为国家工作了。当幼儿园园长的母亲是常住在幼儿园里的，除了吃饭外甚至睡觉都在孩子们的大宿舍里值班。父亲就把偶尔回家改成了偶尔到幼儿园与母亲相会。于是我便近水楼台般地与父亲亲近的机会比其他哥哥姐姐多。

父母比较宠我除了我年龄最小之外还有另外的理由。一是只有我和大姐是吃母亲奶水长大的，其他的哥哥姐姐都是在出生后几个月、最短的一个月就放到奶妈那里代乳养育去了。到了两三岁往回领的时候，奶妈都不愿意给，费了好大劲才把孩子要回来。二是我比较"乖"，除了生下来将近十斤，又白又胖之外（不知道怎么弄得现在跟黑球球似的），还因为我善于"拐弯"会哄人，而且学东西快、歌唱得好，人前不怵头，让唱就唱。

父亲怕把受宠而常常沾沾自喜的我惯坏了，特别针对我骄傲、娇气、虚荣心强的毛病，对我用了比其他哥哥姐姐严厉得多的标准。每到分水果、点心等好吃的，必是让我先挑，看看我是不是按照孔融让梨的样子：我个子小，所以我应该拣最小的拿；每到我做错了事撒谎，一定要当着全家人的面认错，一遍认错不坦诚就再来一遍。

记得上小学的第三年，有一次我的语文考试不及格，我把成绩单藏起来说老师还没给。父亲见同一所学校的哥哥姐姐都拿回了成绩单，就断定我搞了什么把戏。都晚上十点了，硬是带上我去学校。问了老师家住在哪里，然后去老师家问我是不是撒谎。我硬着头皮坐在父亲的脚踏车后座上，直到快到老师家了才吓得说了实话。央求父亲带我回家，别让我在老师面前丢人。父亲偏偏不同意，最后还是辗转带我去了老师家。

老师见了主管文化教育的宣传部副部长半夜亲自上门家访，自然有些诚惶诚恐。在父亲面前使劲说我的好话，不外是孩子很聪明，稍微务点力就会成为成绩很好的学生的正面假设之类，把一个调皮捣蛋的孩子的某种可能性展示给家长。父亲静静地听着老师说完，先感谢了老师的辛苦，然后当着老师的面说我"言过其实"（撒谎）和骄傲必须严加管教。那情景从此永远深深地印在我的脑海里，让我对撒谎、不诚实，从遮丑和狡辩到厌恶和不屑一顾。这成了使我一生受益的记忆。

"文革"前一年，路过剧院门口时，一个漂亮的阿姨叫住了我。恍然记得她和丈夫去过我家，好像是因为她在杂技团练功时摔伤了腿，希望父亲帮助跟团长说说换个工作什么的。阿姨看见我后，疼爱地问我想不想看戏，见我点头，便找了个马扎，领我进了正演着戏的剧场，安排我在前台的过道边上坐下看。演京剧的人穿着花衣服、怪声怪调地讲话听着挺好玩儿，背后插满小旗、挂着假胡子的男人，背后插着长长"羽毛"手拿红缨枪的扭扭捏捏的女人的造型也蛮好看。我最喜欢的是铿锵有力的锣鼓声响起来之后，男人与男人、男人与女人之间假门假事的对打，翻跟斗的、打滚的、扔家伙装死的……热热闹闹，非常过瘾。

这样看了大约一个星期，老是那些玩意儿，又听不懂说什么、唱什么，也就腻烦没再去看了。没想到一个月后父亲知道了这件事还是亲自用自行车把我带到了剧场，问过那位阿姨，除了轻声劝止并没过多责怪，只是坚持要按场次、按乙级票补票。回来的路上，父亲为错怪我主动要求逃票看戏的事向我道歉，但严肃地嘱咐我："今后再也不许借着父亲不大的官位搞特殊化。"

上中学的时候正赶上文化大革命，父亲被分派到一个离城市比较远的工厂接受监督劳动。

那时父亲心情不好，害了腿部的脉管炎，小腿的皮肤肿得锃亮，不能骑车上下班了。于是我就和二哥轮换骑自行车接送他。那时我只有一米六，九十几斤，比我重一倍的父亲坐在后面座位上，我很难拢住车把，十几里的路一路走来免不得摇摇晃晃、十分悬乎。每逢上坡，父亲都会关切地问：要不咱下来走一会儿吧？有一次下大雨，风刮得睁不开眼。父亲坚持要与我一起步行推着脚踏车回家。我执意不肯，哭着说妈妈不让你走路！无奈的父亲只好坐在脚踏车后座上，双手扶着我的肩膀，爷儿俩裹着根本没有了意义的雨衣，一身泥水、跌跌撞撞地往家走。我偷偷地回头，看见父亲的眼圈红红的，泪水和雨水混在了一起……

父亲最难过的时候是我中学毕业那会儿。因为那时上大学必须有接受工农兵"再教育"两年以上的条件。为了上大学，我放弃了只闹革命不念书的上高中的机会。准备尽早参加工作，边干边自学，以便在两年后可以早考大学。谁承想高中没上，分配工作时因为父亲"反革命"的问题没有解决，全校的同学单单只有我和另一个走资派的子女没有分配工作。父亲知道因为他而让小小年纪的我受到了不该承受的"被社会抛弃"的痛苦而万分心痛。曾听见他私下里对母亲说："愿意再把对他的虐待增加一百倍，也不愿意看见他们糟践我的孩子！"偏偏那时我不懂事，心里难受，不吃不喝好几天。之后的很长时间里，不上街、不出门，几乎听不见我唱歌和笑声了。那段时间父亲的头发白了很多。

终于有一天，父亲"解放"了。随后我才有资格穿上军装让父亲终于当上了"军属老大爷"，从此我就成了父亲在朋友们面前炫耀的资本。不到两年我当上了军官，不到四年我进了大学，八年后我进入了中国农业科学院工作，在《经济参考》这样的大报上发表了整版科普文章，农业电影制片厂拍摄了我写剧本的科普短剧，转业后用七年时间读完三个自学考试的大学学历并在北京大学通过了本科学术论文，随后农业科学院《中国农业气象》《北京大学经济法学报》相继发表了我的农业科学研究和法学应用探索的论文，直到出国到欧洲开始做进出口贸易、买农场、办报纸、成了华文作家……父亲终于看见儿子有了"出息"，成了他的骄傲。

1993年初回国探亲，父亲午睡后醒来罕见地示意我躺到他身边和他在床上聊天。让我给他挠了一会儿背，随后他又给我挠。一边挠一边心疼地说:"若是不出国,在国内干你的法律专业可能会更有前途。"我知道父母一直希望我留在他们身边,毕竟我是"老"儿子。本想安慰父亲几句的,没想到父亲却说:"你出国出对了。若是留在我们身边,杂事多,你就没有时间学习那么多东西,做出那么多事了。只要你出息,爸爸就高兴。"

午后是父亲写字的时间。他写,我在一边看。父亲写字不仅松腰、悬肘,而且"活腕""活指"(手腕、手指灵活放松不僵硬),行笔走墨自如潇洒。别说所书字形,单就观赏父亲的行笔、用锋(笔的角度、力度、笔锋的不同用法)就是一种享受。

看得兴起,我便用手指偷偷在掌心里描摹。父亲发现了。问我:"你来两下?"当然愿意有机会显摆一下让父亲指导批评,我写了"风飞家气"几个练撇捺功夫的楷体字后,又乘兴写了"春眠不觉晓"一幅常练习的条幅。父亲看着,眼睛亮起来:"什么时候你的字练成这样了?"随后端详着说:"你小子心大,字的间架、气势、篇章布局都不孬,不过心气还是躁,加上练得少,字气还是沉不下去,一些字没写熟,欠磨炼。"父亲讲话最是一针见血,是我小时候最怵、长大后最佩服的。短短几句说字的话,把那时我整个人的状况说得一清二楚。见我入心了,父亲便调节气氛似的指着案头上墨渍模糊的那方"土"得掉渣的端砚说:"你看,还是你给我买的这个'实而不华'的小东西最让我喜欢。实在、有用、不图虚华。"父亲的话一语三关:一是有一年小学的暑假作业家长评语栏里父亲就写了我的缺点是"浮躁毛糙、华而不实。"这句话以后在生活中父亲曾多次说起;二是父亲在告诉我,他喜欢我送的端砚,脸上的表情显然是由物及人的,从中可以清楚地感到父亲对我殷殷的喜爱；三是父亲想要接着前面的话，嘱咐我行事做人应该像这端砚一样，实在、不浮躁。

父亲从我的眼睛里读出我理解了他的意思，高兴地拍了拍我的肩膀："从小你就灵透，怕你学坏就管你特别严了一些。不怪罪爸爸吧？"说着，父亲眼睛里就有了亮亮的东西。

第二天，我要转道北京回捷克离开家时，父亲拉着我的手一直从里屋把我送出院子的大门外。阳光下细看，觉得父亲真的变老了：头发几乎白了大半，腮边的皮肉开始变软下垂，寿眉长出来很多，背明显驼了。尽管他告诉我，要努力再活 50 年，活到一百二十岁，他每天走十里路，每周练习两次太极剑，每个月都与老朋友、老战友们结伴远足的时候，眼睛里流露出对于衰老的不甘而要努力与之搏斗的兴奋。毕竟，父亲已经七十多了，老了。

走出去不远，回头看见父亲还在笑着摆手，再回头时，父亲竟急着转身回到大门里去了。我知道父亲准是又流泪了，他怕让我看见。

没想到只隔一年时间，父亲就因为突然发现晚期胰腺癌去世了。父亲那年在大门口对我的最后眷顾，竟是我们父子之间的永别。

父亲去世的时候我没赶到身边。哥哥姐姐怕早早叫我回国耽误我的事业，到觉得该告诉我的时候，已经来不及了。听侄子说父亲临终前一直叫我的乳名，临终前睁开眼见眼前的人不是我，失望地松开了手，闭上眼睛再也没睁开……

记得父亲退休的前一年，去营口开会路过北戴河下车去军营看我。我请了两天假，带父亲看了山海关、姜女庙、燕塞湖，北戴河海滨的鸽子窝、浴场、连峰山寺庙等一些地方。父子二人在海边渔民的小吃摊上喝啤酒、吃海鲜的情形给我们父子二人都留下了深刻的印象。直到很多年后，父亲还记得我们在海边享受八毛钱一只差不多半斤那么大的新鲜对虾（相当于那时一斤半的猪肉的价格）的经历。临上车前，我建议父亲退休以后别光养老，做点有意义的事。父亲用仍然十分有力的手拍拍我的膀子，没有说话。后来我也上了点年纪才理解：老人们何尝不想，是社会不再给他们机会。送父亲上车的时候，父亲一直在门口笑着招手，然后突然转身进入车厢里去。当我隔着车窗见到他时，他正用手绢揩去脸上的泪水……

当我再次站在父亲跟前的时候，已经是阴阳相隔的两个世界了。久久站在骨灰堂父亲的灵位前，一种深深的依恋和强大的吸引力让我沉浸在与父亲点点滴滴往事汇集起来的回忆中，直到要离开的时候，父亲那最后招手的样子清晰地再现于眼前，我眼里的泪水才难以遏制地流下来。

无论我是在服兵役期间还是在北京工作，还是后来出国发展，在父母身边的时间总是很少，所以，在我们兄弟姐妹几个中，我与父亲的通信最多。至今我把父亲给我的信件一封不少地仔细收藏着，那一封封龙飞凤舞的草书信札是父亲留给我珍贵的纪念。父亲给我的最后一封信是去世前的三个月。那时他不知道自己得了绝症，只说最近身体不好，感冒以后一直没有恢复过来，身上一直没劲，字也很少写了。

可以告慰父亲的是，除了捷克电视台采录播放了我写毛笔字片段的纪录片，早些年布拉格还有一家饭店请我写了门联刻成木制牌匾挂在了门前。过春节的时候也会有人让我写写门联、门心什么的。字虽然没有父亲的好，好歹算传承了老一辈的喜好，没有辜负始终陪着我的父亲的端砚。

小时候，总觉得父亲对我的要求比别的哥哥姐姐严格，有错必究，不留情面，直到认真改正才肯罢休是故意跟我过不去。直到我有了孩子之后，才理解父亲对我的这种特别要求正是对我的特别钟爱。无奈的是当我懂得了父亲的这种特殊关爱的时候，当我才真的理解了"子欲养而亲不待"的古来遗憾的时候，父亲已经不在了。

揣摩着父亲在信笺上的狂草遗墨，看着父亲留下的质朴无华的端砚，对父亲的思念既是一种离别的痛苦，也是一种重逢的幸福。心想：世上有很多歌颂母亲的歌，而少有歌颂父亲的，应该多一些歌颂父亲、赞美父亲的歌。

罂粟花开

五月底，初夏天际的云淡淡地挂在蓝得透亮的天空上，轻柔得如同情人的耳语，给人以沁澈心灵的柔软与温馨。微风像婴儿温乎乎的小手般轻轻地拂拭着人们的脸颊、衣角，在正抽穗的麦田里撩起一波波轻微的涟漪。斑鸠、野鸡竞相"咕咕、咕咕"地叫着，野兔、麂子、鹿正带着它们的孩子在树林里散步。

连绵不断又起伏不大的波西米亚丘陵地带如同一张伸展开的大画布：大片的油菜花谢了，开始结出淡绿色的荚，远远望去结荚的油菜田比绿油油的麦田、玉米田淡了很多，有些亚光般的朦胧；更远处，稍微晚播的油菜花有的正在开放，散射着耀眼的金黄色的光芒；另外一些在刚刚开始绽放油菜花的田里，早开的花朵尚少，黄绿相间，远处看着就成了嫩嫩的鹅黄色。饲料田里遍开的深紫色苜蓿花再给满版的暖色调画面上添一抹冷艳的色彩……展现在人们面前的是一幅天堂般田园诗一样的画面。

另一些地里大片盛开着的、如同成群成群飞翔着的多彩蝴蝶一样的花朵是什么呢？那美丽蝉翼般的淡紫色、白色、桃红色花朵组合成天堂画卷里的一缕绚烂而动感的光影！以其难以拒绝的魅力引人注目和向往。

说来令人难以置信：那是罂粟！！

记得在童年的时候，心目中就对罂粟留下了深刻而恶劣的记忆。

一百六十多年前，英国人为了打开中国市场，在中国销售以罂粟产品为代表的西方货物，同我们的大清王朝打了好几仗，割让了我们的土地、逼我们赔了银子不算，还把我们多少精壮汉子变成了"东亚病夫"。

记得当年在"忆苦思甜"会上听老人们讲，坏人才抽大烟、赌博、上妓院。很多故事书上都描写过服食大烟自杀的事情……总之，罂粟、白粉、大烟就像瘟疫、毒蛇、鬼怪那样可怕。

然而究竟这么厉害、这么令人恐惧的植物是什么样子，在我心里一直像小孩子对鬼故事一样，又害怕、又好奇。直到大概二十年前，我陪孩子从北京去家乡的父母家休暑假时才第一次见到它。

那时父亲才离休不久，他的一个在公园工作的老朋友，担心父亲不适应刚刚开始的退休生活，特地送给父亲两棵"花苗"。于是我平生第一次见到了罂粟的秧苗是什么样。因为见我已是成年人，大概父亲的朋友断定我不会出去瞎说，所以才直接说出那罂粟苗是公园奉命少量种植给人们看，专门进行"扫毒"教育用的。一般人不可擅自种植。因为稀罕，而花又"特别漂亮"，所以冒着危险送来两株让老爷子"玩个新鲜"。并且一再关照，别种在自家花园里显眼的"地处"，免得让别人看见。

那人走后，我和父亲一起仔细看了那两株只有一拳高的罂粟苗。没有什么特别，有些像水飞蓟，只是叶子的绿色淡一些，齿缘。父亲精心选了花盆，把土与草叶沤成的肥料一起筛过拌匀放到盆里，然后把它们精心移栽过来。

父亲做事一向十分仔细认真，他练习了多年的行书、草书在许多人看来功力已经相当不错，但他始终没有参加过任何展览、比赛。哪怕那些充斥着"业余老年大学"初级作品的"老干部书画展"他也拒绝参加。总是以书法大家的字画为标准衡量说"我写的还不行，拿不出手"之类的话。

以父亲的性情，我以为父亲肯定能把那两株罂粟花侍弄好，最后看看那恶毒又漂亮的花究竟是怎样的美。但是，当我回到北京不久，却见父亲在信上说那花因为"不好养"，死了。对此我一直觉得奇怪。

父亲退休后，除了每天练习书法便是养了很多花，而且养得很好。整个小院子里都是五颜六色的花朵，只有一小块地方，极不情愿地被母亲"强占"为菜地。我总想，如果父亲自己不愿意，那花是肯定不会自己"死"掉的。因为父亲没有见过，而且非常想见到那种特别的花。

想来父亲大概是怕给朋友添麻烦把它们"处理"了吧。因为父亲一向非常珍惜自己的名誉，也从来不愿意拖累别人，他绝不会为了两盆花给朋友带来麻烦。后来在捷克看到大片人工种植的和路边常见的野生罂粟花都证明，罂粟并不难种植。便想，我当时对父亲为保护朋友而放弃养育罂粟花的猜想是对的。

那年的晚些时候，我去兰州出差，看见街头贴着很多张布告，粗略一数被枪毙的三十多人中有二十多人与毒品有关，并且大都是回民。由此又不能不联想起罂粟与马洪奎、马步芳，以及悲壮惨烈的西路军战事来。

第二次对罂粟的感性认识是读《白鹿原》。作者对罂粟花的美丽进行了非常着力的渲染，但都是大场景，没有细微的描写。也曾想过，作者大概也没有看见过真正的罂粟花吧，至少他没有仔细地研究过这种植物的花朵，所以没法儿向读者交代清楚那是怎样的植株和花朵。

最后还是在辞典上了解罂粟的："罂，大腹小口的容器。罂粟，罂粟属，又名虞美人。两年生植物，花有红、紫、白等色。果实球形，未成熟时果子皮中有白浆，是制作鸦片的原料。"

很多书里提到虞美人。"虞"字可解为忧郁，让人不由得想起忧郁地着一袭紫色衣装的美人，想起西楚霸王的爱姬……果真那么美吗？这真是一个令人难以释怀的疑问。

在捷克，我们买的屋子一侧有个不小的菜园子，因为没有办法按照正常的渠道为来自中国的劳工办到签证，劳工不能到岗工作，只好任其荒芜。

夏天，园子里很多地方的草已经有一人深了。有一天，我们突然看见草丛中有几棵像极了水飞蓟的罂粟苗，就是我曾在父亲那里看见的那种。接近青白色的几片小叶子，细长而柔弱，有点像小鞋拔子被锯了一些缺口。那娇小的模样，无论如何也与那些围绕着毒品发生的凶杀、灾难联系不起来。

怀着看看罂粟究竟是怎样生长的兴趣，我们动手为它们清理出一小块地方，又给它们施了肥、浇了水。没过几天，它们就改变了原来瘦瘦弱弱的样子，叶片肥大浓绿，茎也粗壮多了。看到它们苗壮生长的样子，我心里在猜：那花究竟是如何的美呢？这大概也是父亲曾经很长一段时间里所思所想过的问题。

五月下旬，罂粟已经有七八片叶子了，最大的有三十多公分长，六七厘米宽，齿缘状的叶子像海带的外缘，又像妇人长裙下摆处波折状的花边，舒适地卷曲着，透着一派潇洒与浪漫情怀。此时植株已有四十公分高，主茎已经抽薹了。初生的花蕾倒悬着，像天鹅颔首般画出一个个优美、矜持而高贵的问号，犹如一个怀春而害羞的婷婷少女。

五月底，一个雨后的早晨，打开窗户，潮湿的空气带着淡淡的青草甜味与好几种鸟合在一起的叫声一同涌进屋来。随后映入眼帘的便是那身着淡紫色衣装，优美地忧郁着的罂粟花了。

怀着喜悦与兴奋的心情赶到近前：几株罂粟都长得很大了，高的已有一米多。从第四片叶子开始，每个叶腋间都生出一个带着花蕾的侧枝来，每株大约四五个或十几个。顶端的花已经完全绽开了，如同耍杂技的巧手用一根细细的枝条顶着一个硕大艳丽的宝盏，在轻如丝线般的晨风里轻轻摇摆。

捷克的罂粟花有淡紫、桃红和稍含一丝淡紫的水白三种颜色。花朵由四片花瓣组成，颜色上淡下深。无论花朵是哪种颜色，在花瓣靠下端的中心部位，都有一片倒卵形褐色的晕，由下而上渐行渐淡，最后与花瓣的基色相融合。

花瓣很柔软、很薄，没有蜡质层，色泽柔和、过渡均匀，给人一种极其娇弱又略带忧郁的质感。碗状的花心里，是一个倒葫芦形的子房，它的顶端均匀地伞状排列着 11 至 13 条内宽外尖的棱，如同儿童画里散发着光芒的太阳。

据说罂粟花瓣脱落后，子房充分胀大时，用专用的刀按照一定的角度划开若干条小槽，白白的浆汁就会渐渐渗出来。把它们刮起制干就是白粉，熬制成膏状就是大烟。将来子房干了，这些棱的外缘就不再贴在子房上，而是竖立起来，像泰森的那种只留顶部头发的小平头。那时它每个棱的腋下都会被牵引出一个小孔，倒悬罂粟干燥后的子房时，成熟了的罂粟种子就从小孔里流出来。

花的子房下端周围，有一环密密匝匝的细管状小茎，顶上有毛片状的花蕊，跟禽类羽毛锥管里的新生羽类似。这样奇异又精巧的结构，若非大自然的鬼斧神工，人力是绝不能为的。

罂粟花略有香气。细细闻来，更像新炒熟的可可味，但是味道有点儿过头，一股略带焦煳的可可香。

在捷克，罂粟的种子叫"马克"（Mák），是烘烤面制食品时不可缺少的添加物，在很多品种的点心、面包、蛋糕上都能够见到，黑黑的，像小号的鱼子。

开始，不知道那香香的"黑鱼子"是罂粟的种子，毫不在乎地吃。当我们得知那就是"万恶之源"的罂粟的种子时，很担心自己会不会"吃上毒瘾"。担心如果真的出了麻烦该由谁来负责任。也有同胞说那不是罂粟，那只是很像罂粟的一种类似苋菜的、供人们利用其种子的植物。似乎只要离开罂粟这个称呼，任是什么都没有那么可怕。

捷克罂粟种子的价格并不贵，合五美元多一点儿一千克。几乎所有普通副食店都可以买到。在捷克，"马克"是可以自由种植、加工和出售的，因为人们是利用它无害的那一部分。

如此说来，并不是罂粟生心要害人类，而是人类的丑恶逐利之心败坏了人家罂粟的名声。罂粟的社会性是人类赋予的。在毒恶的另一面，除了食用的积极意义之外，罂粟的药用大概最初也是为了医疗目的而开始推广的。只是后来人们在商品、市场的金钱利益的驱动下才让它走向了被人诅咒的不堪境地。如同中国发明的为喜庆节日助兴的火药，在西方开发新大陆的掠夺过程中变成了杀人的利器。

其实，只要我们人类的内心没有黑暗，那么漫山遍野的虞美人花带给我们的就只有快乐与美丽，而不再会有恐惧和悲哀。

父亲离开我已经多年了，我一直不知道，老人家是否见到过他曾经很想见到的虞美人花。

母亲的生日

两年前的腊月十四是我们家庭中的一件大事，我们兄弟姊妹几个早早就相互联系好，在这一天好好为母亲庆贺八十大寿。

我是专门从欧洲赶回来给老人家贺寿的。我到家的时候，离母亲的生日还有三天。当时她正生着病。

母亲告诉我：很长时间以来，因为糖尿病的拖累，她心脏不太好。更讨厌的是最近肺部和气管总是出麻烦，经常咳嗽，有浓痰。特别是凌晨两三点钟，咳起来就不停，根本就睡不好觉。长期的半夜咳嗽让母亲感到特别难受，心情很不好。幸亏我的二哥在医院当院长，有他早晚随时照料、服侍，不然怕早就见不到我了。

我是坐在床边上听母亲说这番话的。说话间，母亲柔软又温暖的手一直轻轻地在我手背上摩挲着。说着说着，母亲那一直牢牢地看着我的眼睛里便盈满了泪水。它们把母亲那爱怜又慈祥的目光柔化得生动而温馨，让我想起儿时偎依在母亲怀抱里的安全和温暖。那盈满泪水的眼睛里还有些无奈和依恋，显示出母亲对远在天边的儿子的思念和关切。我不由得心里一颤，赶紧转过身，装着替她倒茶水，掩饰已经忍不住滴下来的泪。

母亲显然察觉到了，轻轻拉一下我的手："别难受，妈妈这不是把你等盼来了吗？妈妈高兴。"

母亲一生劳累，落下了多种病痛。除了糖尿病、腰腿痛之外，心脏、血压也不好。进入老年以后，又一直被哮喘困扰，非常痛苦。

在医院当院长的二哥为了让病重的妈妈过好这个生日，早早做好了准备。几天以前，请了我们城市的中西医高手对老人的身体进行了会诊，希望大家能帮助拿出个好办法。

医生都是最好的，而且大都曾经是母亲的"小朋友"，对于母亲和她的病都很熟悉。他们照旧认真询问、认真检查、诊断。母亲毕竟八十岁了，况且都是慢性的老年疾病，唏嘘之外，医生们常用亲切又有些开玩笑的晚辈口气与老人商量这病怎么治。因为母亲也算是久病成医了，尤其是自己对病的感觉经常很准确。所以医生每每诊断之余，必要听听母亲的感觉和意见。

母亲生性热情豁达，待人宽厚。虽已八十高龄，仍然思想清晰敏捷，健谈而不絮叨，记忆力非常好。也许是三十多年当幼儿园园长认小朋友练就的本领，遇见多年不见的小朋友，她几乎都能立刻叫出名字，甚至还记得他们家庭成员的具体姓名和职业。许多家庭两代人都是母亲的"小朋友"，母亲也就从"大刘姨"变成"大刘奶奶"了。

我一直对历届的孩子们给予母亲的称谓前面的"大"字好奇，后来才知道，那不是相对于"小"而称呼的，之所以大，一是母亲身材高，二是母亲是那个儿童王国的最高首领，自然也就最"大"。母亲显然习惯并自豪地接受了孩子们送给她的这最平常，又最不同寻常的称呼。

医生们来给母亲看病常常会变成一次省亲，在轻松的气氛中，张家长李家短地回顾一回往事，甚至儿时的淘气都会重新被温暖地翻腾出来当作笑谈。

时间长了，有的医生不打招呼请也自己来。给母亲查看查看，和母亲聊聊天，于是给母亲看病已经不是原来意义上的行医执业或者是受哥哥之托的同行间相互帮助了。医患关系中经济的原因逐渐被淡化，似乎看病本身成了医患双方的一种需要、一种快乐。

一个医生曾经这样对我说："跟大刘姨聊天儿就像看心理医生，聊完了心里很舒畅、很痛快。听听一个八十岁的老人对于生命的感悟，看看她老人家的淡泊和坦然，就会觉得我们现在能够健康地、自在地活着是多么美好！多么幸运！什么升职、晋级、涨工资，什么争名夺利、第三者插足，都会显得微不足道。"

有的医生是专门来请母亲出主意或者直接帮助解决家庭纠纷的，他们希望从母亲这里讨到家庭和睦的诀窍。也有专门来讨教如何教育孩子的。母亲以自己的深切体会告诉他们：不能只想如何让孩子听话，而应该多想怎样和孩子平等地交流。

说起母亲教育孩子，是她常常引以自豪也是足以令人称奇的。除了我们兄弟姊妹人品、事业都让她"讲得出口"外，我们每个兄弟姐妹还都争着孝敬老人，从来没有因为金钱、利益有过争执，年年得到"五好家庭"的门牌。足见母亲在处理与儿女的关系上是多么"有办法"。

最令人称奇的是，任凭在家多么娇惯、多么"捣蛋"的顽童，只要到了她面前，不用高声恐吓和物质引诱，母亲只需三言两语，孩子就会乖得像只听话的小猫，偎依到她身边。这种曾经令我百思不得其解的现象直到我见到驯兽员训练动物时才真正明白：或许人和动物一样，有我们未曾注意和发现的相互感应的直觉能力。许多情况下是不需要较量的，凭着感应，一方就可以降伏另一方。母亲多年的儿童工作经验，使她对儿童的行为、心理早就烂熟于心。尽管没有读过儿童心理学，也没总结出什么文字的经验，但许多年教育、管理各种孩子在她身上留下的"信息"或者"气势"，也许就是常常被人们称为"外气"的那个东西，对于涉世未深的孩子一定发挥着重要的作用。孩子到她身边，就像成年人进教堂会自动噤声一样，自然而然就乖乖地听从母亲的调理。因此，"你不听话就告诉大刘姨"（或"大刘奶奶"）也就常常成为家长要挟和制约孩子的尚方宝剑。

也许是因为母亲如同禅修高僧一样由对儿童的准确感知延伸到了成年人，母亲在帮助许多家庭解决矛盾的过程中也显出了特别的能力。因此，母亲退休后受街道居委会邀请做了很长一段时间的"调解委员"，由于她工作成效显著，还得了好几次奖状。

母亲的童年非常贫苦，她很小的时候外公就去世了。由于生活艰难，为了帮衬家用，她不得已小小年纪就从外婆那里学会了纺纱织布。十几岁时常和外婆轮换着织布到深夜。到十七岁结婚时，从来没有上过学。

到了婆家后，母亲跟着父亲一起参加了抗日战争，在地方上当了妇女委员之后，才开始在扫盲班学习识字。后来，我服兵役远离家庭后，母亲在信上告诉我：多亏当年上了识字班，使她才得以识字能够给我写信。

解放后母亲做了三十多年的幼儿园（早先叫托儿所）负责人。除了养育我们五个兄弟姊妹外，早年还抚养了失去父母的我伯父家的姐姐。在五六十年代国家困难的时候，还收养并扶持过一个初中学生，直到她考上了大学。后来母亲又陆续认了好几个孤儿做干儿子。每到过年，就会有"肚皮里的"（亲生的）和"肚皮外的"（非亲生的）齐聚一堂，热热闹闹一大家子。

经过几天的精心调养，母亲的精神虽然好了一些，但是医生仍然建议不要隆重地过生日，特别是母亲的心脏状况眼下不太好。

母亲用近乎乞求的目光看着她所信任的医生，缓声但却不容协商地告诉对方，她一定要参加这个计划已久的生日聚会。她说："到了那天，我的孩子们都凑齐了，我不能扫他们的兴。再说我也真想他们啊！哪怕过了这一天……过了这一天就住院，不过这个年也行。只要一天，啊？！你们就再想想办法。"母亲说话的时候有些气喘，但是那份真诚，那份淳厚而巨大的母爱是什么力量都没有办法阻挡的。

最后医生被感动了。八十岁，这是人生中多么重要的一天！医生给母亲准备了特别的药物并再三关照了需要注意的事项。二哥安排了药物、便携氧气袋等做好了充分的准备，急救中心也打好了招呼。饭店选了离医院最近的一家，最终按照母亲的愿望，决定母亲的生日聚会照常进行。

母亲终于遂了心愿，闭上了一直紧张着的眼睛。带着病魇又疲惫的脸上泛出满足的微笑。她一定在给自己暗暗鼓劲：好好休息，一定得攒足力气精精神神地过好那一天。

我们知道母亲历来反对铺张，同时也考虑到母亲的身体情况，我们决定这次生日聚会，只请至亲，不请朋友。

生日那天果然非常热闹，除了我们家的全体"人马"，还来了一些亲戚。生日聚会的地点选了一个容得下五张十二个座位圆桌的大厅。

那天母亲穿着我给她置办的一身深红色带暗花的唐装，红围巾、红帽子，配着她高大丰满的身躯，显得尤其"雍容华贵"，除了在我们的"搀扶"下（不如形容为架着）上楼时有些吃力以外，从中午到下午将近四个小时的时间里，母亲的面色、精神始终极好。被外甥赞扬为"神采奕奕"时，还慈祥地笑着点头。

席间敬酒按照称呼母亲妈妈、奶奶、姥姥、太姥姥的辈分，一拨一拨地进行。不分"肚皮里的"和"肚皮外的"。

宴席过后的合影依旧按照这样的次序。

其间不断有鲜花、水果、寿糕等事先没定的礼品送来，是那些没有收到邀请又知道了母亲生日聚会的朋友们委托花店、饭店送的。

老人家被众星捧月般地闹了将近四个小时，竟然没有些许倦意。真不知道究竟是药物的效力还是精神的作用，我不由得暗想：恐怕最主要的是母亲内心意志力的坚强。

我很早就了解母亲的坚强。七十年代的一个夏天，妈妈骑着自行车下班，被一辆违章的小拖拉机撞倒并从身上轧了过去，造成肩、臂好几处骨折。手术后由于韧带粘连，手臂连胸口都抬不到，不小心使错一点儿劲就会疼出一头汗。母亲硬是在几个月里，把胳臂练得举过了头顶。记得她后来告诉我：那时她一边咬着牙锻炼一边说给自己听："我的孩子们都还没有成家，我不能残废！我一定要恢复好！"当时听母亲这样念叨没有什么特别的感觉。直到有一回我在运动中不慎骨折，才知道那时母亲在没有物理手段辅助的情况下自己锻炼手臂需要多么大的毅力。还有一次是我第一遭离开父母去服兵役的时候。离别的气氛令父亲都禁不住掉下泪来。但是母亲却没有哭，她说："儿子，我光荣，我不难受。我不会流泪让儿子看见难过！"

我知道生日里的母亲、病痛中的母亲，需要多大的毅力才能坚持那漫长的四个小时。固然那是她八十岁的生日，但更是她的子孙们团聚在她身边的日子！为了这个日子，我又看见了那个紧咬牙关用力伸展胳膊的年轻的母亲。

我是家里最小的孩子，也是唯一吃母亲奶水长大的。五十年代初期，母亲的工作是没有时间限制的。为了能够适应工作的要求，我的三个哥哥姐姐都很小就"奶给人家"（花钱送到奶妈家代养）了，最长的到了十几岁才接回家来。也许现代人不理解那时人们的"革命"精神，会觉得我们的母亲不够爱孩子，没有尽到母亲应尽的责任。其实母亲为了孩子是舍得一切甚至自己性命的。

在六十年代初"瓜菜代粮"的困难时期，在农村工作队工作的母亲，为了我们几个正长身体的"吃死老子"的"半大小子"，把已经压缩到了极限的口粮再节省出一大半，做成炒面带回家，自己则靠地里捡的菜叶子掺点粮食糊口。后来听母亲的同事讲，母亲怕同事们看见因为缺乏营养而浮肿的腿，总是穿着长裤长袜。跟同事们骑自行车去村里的妇联检查工作时，她好几次眼一黑摔倒在路上。

我清楚地记得，我们几个像一群黑瘦的小猫，被炒面糊糊沾了一脸仍贪婪而开心地舔碗底时，母亲看着我们那开心微笑的样子。现在想，那时母亲的笑容里会有多么复杂的内容。我们那时只知道炒面糊糊好吃，哪里知道那是母亲的救命粮。无知的我们那时根本不能够理解她那无私的母爱。

母亲对于生活、对于子孙有着深深的热爱与留恋。母亲生日前的一个清晨,我替代保姆和母亲住一个屋照顾她。早晨与母亲说起她的病。母亲说:"我这一天天咳嗽心口疼得真是难受。好想到那边找你爸爸去!可我就是舍不得你们啊!你看,如果没了你们的老妈,你们弟兄姐妹周末就难往一堆凑啦。特别是你,如果不是挂着妈妈,怎么会这么远常常飞来飞去的?没了妈你回来奔谁去?唉!为了我的孩子们,再难也得受啊!"

当生命已经不是为了自己而是为了别人的时候,会被称为崇高。母亲正是这样为了孩子们艰难地维护着她那承载着巨大痛苦的生命。

幼年时我还亲眼见到过母亲的另一种勇敢。那时候人们叫作胆大。六二年的夏天,邻居家的茶盘里发现一条将近两米长的大花蛇。女主人顾不得孩子,尖叫着跑到我们家求救。我们院里的一大群孩子一起跟着妈妈来到邻居家,看着那条盘在茶盘里的大花蛇,刚好满满一大盘,头在盘心,尾巴悠闲地敲着茶盘的边缘,嗒——嗒,嗒——嗒的声音好瘆人!母亲轻轻走近蛇,我们好为母亲担心。只见母亲镇静地用一根木棍在前面吸引蛇的注意,然后突然从后面用手抓住蛇的尾巴把它提了起来!那蛇在空中盘旋着转回身就要咬母亲,我们的心一下提到喉咙口!只见母亲迅速把抓住蛇尾的手提高,然后上下用力抖几下,那蛇被甩得垂下去,不能转过身来咬人。母亲一边拉着蛇走一边抖,一直把蛇拖到大院后门外的水塘边扔出去。听着别人的赞叹,看着小朋友们羡慕和景仰的眼神,我真为有这样的妈妈而自豪!

我知道生日前母亲的心脏病有多么危险,但是我更知道如果不让母亲参加这个生日聚会对她会更加危险。也许有人不能够理解这种冒险的意义,但是我还是佩服母亲的勇气,钦佩母亲的勇敢。

父亲去世后,母亲断然否决了大家议定的各家轮流执勤侍候她的建议,坚持要雇保姆自己生活。说是这样"清心、自由"。其实大家都知道，母亲是为了不影响孩子们的工作。于是大家便把决议修改为：每个周日都到母亲家吃午饭。这个制度已经成了我们家多年的惯例，也成了我们家和睦团结的标志。有谁遇到特殊情况，必要自觉地提前请个假。这样，周末的午饭就变成了母亲的节日。每逢这一天，孩子们便会齐聚在母亲的身边。我猜想每逢那一餐，她一定吃得特别香甜。对于大家，饭菜质量早已不重要，重要的是和妈妈说说话，饭后陪她玩一会儿麻将。不难想象，过惯了每周小聚会的母亲，对于全国乃至国外的孩子们全部集合的大聚会是多么向往、多么盼望啊！为了等待这一天，母亲熬过了多少春秋日月，多少苦辣酸甜啊！

结束生日聚会回到家里，母亲虚弱得几乎支撑不住了。真的第二天凌晨就住进了医院。

果然如医生所料，母亲的心脏衰竭已经相当严重。所幸不是糖尿病并发症，只是普通的心肌梗塞前兆。虽然同样凶险，但是因为症状单一，现代的医疗技术比较容易解决。

母亲度过最危险的那几天里我一直陪在母亲身边，她没有一丝的恐惧，虽然她知道死神离她有多近。她告诉我："孩子，别担心。我不怕死。八十岁都过了，孩子们都来了，死就死了吧，该有的我都有了。"说这些话的时候，母亲的语调异常轻松。虽然她的嘴唇因为身体缺氧还有很重的青紫色，但是脸上却荡漾着幸福和满足。

也许是母亲坦然和放松的缘故，也许是大夫们尽心的缘故，也许是死神发了同情心，母亲的病竟然很快好了起来。众人都夸母亲的运气好、福气好。

母亲说："过了这个坎，我还要为我的孩子们好好活着！"

情人节断想

情人节，作为一个舶来品于这样短的时间内能在我国风行一时十分耐人寻味。

首先，我们中国人有自己的七夕情人节，上千年来都是十分低调地在民间流传，在诗人墨客的笔下延续。而来自西方的情人节，带了中国人忌讳的"四"这样一个不祥字码，为何却能够在短短二三十年内大行其道呢？情人节究竟是文化的符号、是人性的需求，还是经济发展的必然产物？情人节的意义究竟何在？

考察情人节的内容，我们可以发现：情人节的指向，是借着对于男女情缘故事的纪念（通常认为有三个版本，从略），给情人们一个表达感情的机会，或者叫作敦促和提醒，以更好地发展、维护、巩固情人之间的美好情感。

从字面上看，这节日针对的是情人，似乎着重指向正在相爱而未结婚的男女。但如果从意义上理解，好像又可以包括所有未婚的、已婚的、婚外的，任何年龄段的，任何性别之间的人。即所谓"仁者爱人"的那个"爱"或者"仁"，所谓"大爱无疆"的那份"爱"。

考察情人节在中国走红的原因。至少有历史积淀、商品社会阶段性特征、民族心理惯性三个层面：

一是人类情感表达的需要。秦汉以来，尤其是宋以后本着"存天理灭人欲"的程朱理学的要求，我们习惯于把男女情感作为一种私下的美好事物。习惯了"公而忘私"地把国家、集体利益放在人性之上的社会思想和道德标准。在制度上和精神上，长期忽视、限制个人的包括男女情感在内的几乎所有情感需求和愿望。将人性中追求和向往美好爱情的基本需求百般扭曲和压抑。提倡和标榜歧视妇女的一夫多妻制的畸形婚姻及情感心态，并附加着非常严格的门当户对等令人厌恶的等级制度。人们内心对于自主婚姻和自主表达情感的自由的向往，被无情地蔑视和羞辱，于是，人们内心被压制了上千年的要求生命松绑、精神解放的能量，一旦遇到了允许自由公开地谈情说爱并宽容婚姻之外性关系的突破口，整个社会就会发生对旧理念和旧规则的颠覆性、反叛性的矫枉过正式的巨变。

改革开放以后，西方的精神价值观和标准，随着它们先进的物质文明一起，几乎是一夜之间便倾泻到我们的土地和心灵上。新的观念在改变我们的物质环境的同时，也顺应着人们本在的生理需求改变着我们的精神和心理环境。处在爱情需求高峰的年轻人，有了更加自由、轻松、热烈的西方情感关系样板并进行比较和效仿的时候，作为一种对旧式压抑形式的反弹，他们对情感的西方表达方式表现出极大的、超出预料的热情。这是情人节在中国短时间内盛行的民族心理历史方面的原因。

二是商业文化发展的结果。在商品社会，包括家庭、爱情在内的所有情感都不可避免地浸润在商品的色彩中。情人节作为一种文化符号，本来是用以表达有情人之间情感的节日，但是因为它能影响人们的消费欲望、带来巨大的消费市场，于是成了商人们商业运作的一部分，商业化的媒体就必然会把它作为一种难得的商机加以引导和利用。商人们努力把情人节的时尚因素放大并与自己的商业利益联系起来，通过媒体制造舆论为它制造声势，利用资讯对人们的消费心理发生影响的规律，把这个机会包装成一个给人们带来以巨大消费为前提的时尚快乐的过程，并帮助商人们从中获取利益。作为交换，商人们在为人们提供了商人所营造、放大了的时尚快乐的同时，赚取来自人们的金钱和财富。

文化正被更多地商业化，使得它更加符合商业的规则和需要，更加符合商业社会的需要。如今，"包装"（亦称造假）不但是商业宣传、引导和推销的主要手段，而且也蔓延到社会的文化、艺术、学术，甚至爱情上来。

时尚在男女双方表达真挚情感之间加上了商品形式这样一个原本多余的隔离物，男女之间的情感被迫变成为用本来与情感无关的某些标志性的物质来"代为"间接表达了。似乎九百九十九朵玫瑰远比深情热烈的眼神更真实、比紧紧的拥抱和亲吻更能展现爱情的火热和真挚。

三是我们这个民族特殊的消费攀比心理和奢侈性消费习惯所导致的盲目性。攀比心理是人类普遍存在的一种心理特征，我们中国的问题是这种心理的极端化和畸形化。看见很多欧洲农村的房屋，人们几十年甚至上百年不会刻意去改变它，人们要留下那个时段的文化成果供后人借鉴和欣赏。而不是像我们的农村一样，一窝蜂般地盲目与别人比谁的房子更新、更高、更豪华，不惜十几年甚至几年就翻盖一回。

也许是几千年大一统的精神统治，使得中国人退化或者弱化了独立人格和独立意识，总喜欢随大溜、跟风走。以至于在老庄墨列孔孟以后，多有注释、解说经典者而很少出现提出新观念、新理论的哲学家、思想家，四大名著以后再也难找到世界级的文学作品。

非理性盲目跟风表现在文化上，便是大帮哄般的时尚潮流的动荡。单就保健而言：打鸡血、甩手疗法、红茶菌、各种气功，以及现在流行的瑜伽、心灵成长……在自然科学、社会科学、哲学理论上，言必掉洋书袋，必是西方某著名教授名人怎么讲。如同有些年代行文和说话必先引用伟大领袖的语录，不如此就是对先进的西方思想不够谦恭尊重，就是思想不开放，僵化守旧跟不上时尚。似乎我们之前祖先的脑袋里装的都是垃圾，根本不值一提，让人觉得我们的独立思考能力总是处于瘫痪和半瘫痪状态，总是难以逃脱必须有些"先师""圣达"的拐杖才可以走路的状态，我们百姓总是难以摆脱"群盲"的印记；非理性盲目跟风表现在政治上便是盲目地信奉各种神的太平天国、义和团、自由民主、继续革命、普选与三权分立……不敢正视自己的历史和现实，总要找个榜样、找个"师文"；表现在经济上，则重抄袭和模仿而不重创造和发明，追求立竿见影的速成而欠缺踏实用心的准备和挖掘。

除了盲目跟风之外，还有缺乏公共爱心的个人奢侈性消费的心理。阔人住豪宅、开靓车、穿名牌之外，还要养二奶、三奶……N奶，要吃几万元一桌的人乳宴、几万元一颗的荔枝、几十万元一盒的月饼；喝几千元一锅的汤，上万元的洋酒、几万元一斤的茶叶，只要是洋的、海外的，便崇拜迷信。甚至喝海外几元人民币而在国内被炒到一百五十元一瓶的苦味矿泉水都拿来炫耀……对于这种近乎无知的奢侈性消费心理，对于生命本身来说吃已经不重要了，对有什么营养、是否身体需要已经不重要了。最重要的是"面子""身份"和"台面"。即便是人死了，也要做些纸制金银的黄白奢侈物品，给死者最后一次虚荣、虚假的豪华与荣耀。

奢靡之风的盛行，商业炒作的虚荣外壳底下，只剩下令人恶心的硬撑着面子的奢侈和眷恋权力特权、金钱特权的心态。令人遗憾的是，这种心态不仅不被这些人所鄙夷的大众所鄙夷，反而受到大众毫无鉴别地羡慕、吹捧和宣扬。攀比心理和奢侈性消费习惯正像毒品一样，在人们内心真实主观情感的抗拒中客观地被迅速扩大。如同人们希望情人节脱开豪华热闹的气氛，回到私密、甜美、温馨的状态中来，却又不得不痛下狠心买专门节日里用来送情人的昂贵的卡通动物、金银首饰、999 朵玫瑰……一样，情人节里的"情"正在被金钱为核心的各种"情"以外的东西所淹没，正在被金钱和拥有金钱与借机赚取金钱的一些人所垄断。

我们了解很多人内心里面对于情人节的态度。听见更多人希望更加真实、自我地表达对有情人亲密情感的心声。但是我们看到的，却是时尚推动着情人节商业化，情人节不断被金钱推动着走向与本来目的背道而驰的远方。

如果我们不管任何节日的原本意义，不计较时尚的节日"逼"着我们拿出多少生命带来的时间和生命带不来的钱财，单就我们所得到的、时尚试图给我们的快乐而言，我们并不是没有任何收获，只是这些获得之中有那么多我们不想要的多余的虚假成分，还有那么多我们需要之外的精神和物质负担，这些虚假和负担正阻碍我们得到更多、更真实的快乐。

陪着姐姐快乐地"被旅游"

大我许多岁的老姐姐远远飞来国外看我，亲爱之情难以言表。

年幼时，父母常外出工作，家里姐姐管吃、管穿、管作业，甚至用往屁股上写字的办法监督我们不要偷偷下水塘游泳，简直就像第二个妈妈。一米七多的姐姐是那时少有的上高中的女生，不但是运动健将，还有一副美丽沉稳的面容和匀称的身材。在他们那一届高中班级颇受关注。如今作为曾经的金店经理、省级干部夫人的姐姐没有一点儿官气，一脸的慈祥与平和。虽然老了、发胖了，而样子、神情却越来越像过世多年的母亲。因此，见到姐姐，便添了一份对母亲的怀念和眷恋。

姐姐几乎每次见面都用戏谑的口吻说起我更小的时候的一件糗事：两三岁的时候，姐姐驮着我玩，我玩得乐不可支，尿急了便把尿撒到了姐姐的领口里。曾经，每每听到姐姐拿这段子逗我，我都会羞得满脸通红，尤其是当着生人或者与我大致同龄的女孩的时候，我简直恨不得找个地缝钻进去。直到成年以后才学会当作笑话听。

15年前，姐姐曾经来过我在捷克的这个家，是陪母亲一起来的。那时我们一家刚到捷克不久，虽然算最早买房子的一拨华人，但因那时捷克政府除了特殊条件外，一般不发放永久居住权。因此，总让人觉得非久居之地。所以房子买下来一直没有好好装修。本来是想等条件好些再接母亲来的，因为母亲那时腿脚已经不大方便，怕拖久了就更不容易来了，才决定让姐姐陪母亲来一趟。

那年，我们用轮椅推着母亲游览了布拉格皇宫、查理桥、小城、老城；我们去了卡罗维法力、马里亚纳温泉、古特纳郝拉古城；我们还去了本地的小城、教堂、叶什的夏宫……母亲的体力难以支持连续的旅游，每出去游玩一次回来便要休息几天。那时的姐姐在一侧健步行走，与年轻人不相上下。可现在，姐姐尽管不像母亲当年走路那般吃力，但路程稍长便免不了步履蹒跚。更何况姐姐前几年伤过脚踝，走路久了就很吃力。于是我们也备了轮椅，让姐姐能走则走，累了就推着继续前行。

推着姐姐的感觉真好，让我想起当年她把我放在肩膀上驮着走的快乐童年，也再次感受到当年推着母亲走在同样的道路上的那种尽些孝道的踏实与自豪。看见姐姐回头那像极了母亲的微笑，听见遇到沟坎就要急着下来，生怕累到我而轻声软语的嘱咐，觉得内心又一次泛起了被亲人需要的快乐与满足。我们姐弟四人（两个姐姐，小姐夫和我）有生以来第一次这样长时间的衣食住行在一起。每一天我们都生活在浓郁、温暖的亲情里，内心充满了愉悦和舒畅。

我和姐姐们内心中都有一种难言的同感：怕是生活在遥远异乡的姐弟，此生再难有这样的机会、再难有这样长时间的同游了。只是相互间怕伤了对方的心情，这个话题谁也不说，就让那份殷殷的惆怅情怀埋在各自的心底……

为了纪念我与两个姐姐的这段快乐、幸福的时光，我把我们一起生活、旅游的 20 天生活用照片和文字做一个记录，每家两册影集，让这段难忘的快乐日子永远留在我们姐弟几个人的心中。

当我把专门制作的两大本照片影集拿给两个姐姐的时候，我们对着照片再次回忆了一起度过的那些日子：捷克的布拉格、保杰布拉迪温泉城、杰戴尼采城堡古餐厅、古特纳郝拉古城、克鲁姆洛夫小镇、费迪南王子的猎宫、卡罗维瓦利；斯洛伐克的步行街、斯拉夫家园广场；匈牙利布达山上的皇宫教堂和佩斯的英雄广场、河边的国会大厦、连接布达和佩斯的链子桥和裴多菲桥，巴拉顿湖的游船和湖边的沙滩；奥地利的维也纳老城和美泉宫，萨尔斯堡的盐堡和莫扎特、卡拉扬等音乐家古迹；意大利威尼斯水城、米兰大教堂；瑞士洛桑乌契托农莱班湖畔、日内瓦国际会议中心；法国特鲁瓦、巴黎；卢森堡；德国法兰克福，纽伦堡……那难以忘怀的透着浓浓的手足之情的一幅幅画面又回映在我们面前，成为我们人生永久的美好记忆。

血浓于水。血缘的联系是其他任何友情难以替代的一种生命的基本关系。那种尽人皆知却仍旧神秘的联系，让我们一奶同胞在这次长时间的旅游中再次尽情品尝了基于血缘而充满依恋和甜蜜的亲情。

希望我们这样的亲情旅游不断有新的继续，也希望世间所有的人都能得到这样甜蜜、幸福的快乐时间和空间。

车站

乘火车从我们居住的捷克小城到基辅去必须到"科林"市换乘国际列车。

在我们小城的火车站售票口，可以订到通达欧洲任何火车站的各类火车票。

显然买这种国际火车票的人不太多，售票员又问了一次，然后才在键盘上敲敲打打一阵，把火车票递出来，随后还附带一句：先生，您如果需要卧铺也可以订卧铺铺位，那可是不短的一条路。当然，那正是我想要的。

没想到，一千多公里的国际软卧铺位，只相当于五百元人民币的价格，按照这里人均八百美金的月工资来说应该不贵。

捷克所有大小车站的管理都一样，跟国内的乡村小站差不多，是完全开放式的。进站上车没有人查票和剪票。人们可以从车站的四面八方到站台上去，尽管可以自由出入车站，但是极少看到有任意横跨铁路的。似乎大家有一种默契：那种横跨铁路所省的事，与自己内心道德的损失比起来要不合算得多。

查票是上车以后的事。一般捷克的国内列车只有四五节车厢，长的也不过十节。整列火车没有乘警、列车长等"官人"，除了司机、行李员外，一般就只有一个检票员。除非有特别的情况或者有实习生时会多几个人。查票的列车员一般都很认真，少见有与熟人计划好故意逃票的。一方面捷克国家小，旅行路线短，票价相对便宜，不大值得逃；更重要的是因为铁路系统或者国家检查部门有便衣检查人员不定时随机抽检，一旦发现查票员徇私舞弊，会记入个人的社会档案，以后很长时间内都会影响到社会各方面对于这个人品格的信任评价。这种利用制度和文化来养成人们自觉意识与自尊心的方法颇值得我们效仿。

通常车站与乘客数量相比显得很宽松。尤其是一些中小车站，除了每天早晚很短的一段高峰时间之外，偌大的车站基本是空的，显得十分寥落。由于车次多、路途短、公共汽车交通发达、私家车普及，使得乘客因为转乘而滞留车站的机会减少。没有见到像国内的车站里许多旅客歪歪倒倒一大片，为了转乘在车站滞留一天半夜的。

晚上 12 点以后，基本没有客车了，车站也就归于沉寂。大概是为了以防万一，捷克的火车站都设有一个小间的候车休息室，里面放有带扶手的座位（让人不能躺下占过多的座位），到了冬季，那里能够保持温暖达 20 摄氏度以上，能够帮助少量赶错车的旅客度过冬季的寒夜。

这和几天后在乌克兰见到的情况很不相同。在乌克兰一个人口约 100 万的利沃夫市，火车站的普通候车室只有七八十平方米。里面比较密集地摆着坐满了旅客的连椅。靠墙的地方还有人站着或蹲着。候车室两端各有一个食品摊，从那里不断有烹调食物的味道散发出来。不少人似乎已经等了不短的时间，显得有些疲劳。有人吃东西、喝水、看杂志、嗑瓜子。乍一看还以为自己回到了国内，在某个小火车站候车。

候车室里看上去很拥挤并有些杂乱。而另一侧，至少有500平方米的候车室宽敞明亮，座位疏朗，还有电视机。里面很少有人，门口有一个告示：休息室收费三个"赫利温"（乌克兰货币名称，相当于4.9元人民币兑换一个"赫利温"）。那状况颇似国内的候车录像厅或者候车音乐茶座的意思。哪知楼上更有沙发座位的高档休息室，超过200平方米的大厅只有区区8个三人沙发，二十几个宽大的座位。真不懂，就这样乘一回火车，为什么要分这样多的等级。

科林是一个有五六万居民的城市，在捷克是一个"中等车站"。十一月中旬，当我登上换乘国际列车的站台的时候，天已经黑透了。好在这几天天气回暖，气温从零摄氏度上升到十四度，温暖潮湿的微风吹过，让人感到一种春天似的舒畅。不远处，几位来送站的家人，在暗处一闪一闪地抽着烟，轻声地向被送者嘱咐着什么。

欧洲的气候因为大西洋暖流沿着地中海深入到腹地，整个乌拉尔山以西，都明显地表现为冬、夏两个雨季。由于极地寒流与大西洋暖流的交互作用，这里的春秋季节会有多次反复的升温和降温回合，因而显得春季和秋季的时间比国内黄河以北的春、秋季长很多。记得在北京的时候，往往十一月初前后会有连续的几天冷风天气，不久前还绿油油地挂在枝头上的树叶，似乎一夜之间便枯黄落地。每逢那种肃杀的时刻来临，会让人好几天适应不过来。

欧洲的秋冬季节来临时几乎没有大风，只有连绵不断、淅淅沥沥的淫雨。即便是一月份的冰冻季节，也常会下冻雨，所以很多树、阔叶草、攀缘植物的叶子都不会一起掉光，枝头上会留下许多淡绿、墨绿、杏黄、橙红、深红、紫青等五彩斑斓的叶子，如同晚秋我们在江南山间看到的一样。所不同的是，由于捷克的雨量充沛，各种植物形成的天然植被不用任何人工栽种、修饰，就把这个国家一年四季都打扮得绿绿盈盈的。这与冬季在北京街头看到那些经过精细种植的一片片枯黄的"绿地"形成了鲜明的对照。

不必到风景区，驻足在深秋季节的原野里，你随便举目四望，远远近近的山林如同是一幅幅彩色泼墨画，镶嵌在一片写意墨绿之间，间有花团锦簇其中，让你能真正感受到什么是鬼斧神工、天然造化。尤其是在阴天的时候，那画面在一层薄薄的雾气笼罩之下，更显得朦胧和神秘。

此刻我站在科林车站的站台上，望着一片灰影中的树丛，不禁想：或许这会儿上帝正舒舒服服地半眯眼睛缔造着他所中意的那些美丽色彩呢。

站台上没有任何工作人员，更没有卖小吃、饮料的商亭与推车。一排静悄悄的灯和一个镶着钟表的列车进出站电子广告牌，在略带雾气的夜色中安然地发出柔和的光。

车站值班员在列车进站前一两分钟之前才来到站台上接车、发信号。车站广播里一个毫无情感但并不令人讨厌的女声，反复重复着将要到达或开出去的车次以及有关的站台。每逢有晚点的列车，广播员总是先说对不起，然后才报告列车晚点。好像列车晚点的责任应该由她负担似的。即使再急迫的旅客，听到这种道歉也没有办法不放下心急和抱怨。

当列车进站的时候，沉稳的轰隆声把车站弄得热闹起来。但是你听不见嘟嘟的哨子响、听不见老人孩子大呼小叫的喊声、看不见急促的脚步和行李箱轮子咯嘞嘞、咯嘞嘞的烦人噪声，看不见拥挤的人流……一切都静静的，如同缓缓的溪流。整个车站安静得像个乖女孩儿，但你能感觉到它安然地存在，静静地行走。

列车

带了两个不大也不重的包上车，竟然出了一身汗。

原因是这节国际车厢大概是为了将来挂、甩方便，给挂在了车尾，而且卧铺要凭票对号上车，其他的车厢不让上。所以只能放弃先上车再找车厢的经验，铆足力气使劲跑到它停靠的地方。

按照习惯的想法，国际档次的软卧车厢应该是最高级、最先进的，至少应该比我九十年代初乘坐过的北京到莫斯科的国际列车好一些。但是当我气喘吁吁地登上列车后，我看到的一切就像进入了科幻片里的时空隧道一样，一下把我带回到发生东方列车谋杀案的时代：暗淡的灯光下，过道里典型的东方地毯上，绣着叫不上名字的各色花、叶和几何图案，深紫红的底色，泛出一种高贵和神秘。让人感到难受的是大概要保护那高贵的旧式地毯，列车员在地毯上又铺了一条稍微窄一些、显得吊吊拉拉的布条。这布条有些脏，一副不能再洗干净了的样子。像是小帆布或者早年国内乡下大娘自家织造的粗布，纹理糙糙的。它的样子让我想起文化大革命时期许多家庭有过的"小床单"。那时大多数家庭居住条件差，没有客厅。来了客人就进卧室，坐在床沿上说话。虽说局促点，却显得亲切贴心。因此，很多人家为了保护需要花不少"布票"才能买到的大床单，就弄一窄条花布做成"小床单"，把床沿常被人坐的地方保护起来。

房间的门是向外拉开的，当房门一打开，便会像船闸一样把整个过道截成两段，影响他人通行。显然没有现在卧铺车厢的推拉式门方便。除了普通门的功能之外，包厢的门内侧还有一个常在美国电影中看到的链式防盗栓，那种可以保证房间里通气又安全的装置。如果挂上它，任凭列车员、乘警谁也休想把门打开。

浅褐色的木板墙壁和银白色的门把手幽雅、古老。窗纱和窗帘都已经很旧了，但是看得出它们是很精致的。

卧铺房间里是单边的双层铺，而不是通常的软卧车厢那样面对面双排双层的那种。就是说一个包房只可以容得下两个乘客。让人想起早先贵族们经常使用的情人或者夫妻包厢。

床铺很厚重结实的样子，比通常见到的那种现代式的宽很多，不用担心会掉下床去。铺面不是方便清洁的仿皮革面料而是深紫色丝绒面料的。第二层吊铺的那对镀铬的吊链厚实别致，掂了一下，好重。躺在这样的床铺上面，舒服之余，你会感到有一种不可抗拒的力量拉着你的思绪向古时游荡……

铺对面靠窗的一端是一个很标准的扇形小桌。桌面是实木的，可以打开。翻开桌面，下面是一个水池！分别有冷热水开关。水池下面有一个小木柜，打开门以后，里面的灯就亮了，那容积正好放两双鞋。小桌上面半米高处也挂有一个小吊柜，同样是里面有灯的。两层的空间里有些不同形状的环形支架、凹槽，一看就知道是让你放酒瓶和杯子的。

从小桌的一侧到门口是一个拉链式的布质软衣橱，里面除了衣钩和挂衣服的架子之外，顶端还有一个放帽子用的平台。想来多年前那些戴着插有长羽毛帽子的上层女士们旅行起来真是够麻烦的。

床头灯旁边有一幅不大的古典油画，在床头灯的侧光下显得非常典雅，让人想到设计者细致的匠心。细看那画却是挂历质量的印刷品，很想知道最初那里挂的是怎样的一幅油画作品，欣赏过那作品的又是怎样的一些人。

整节车厢两端各有一个卫生间。数了数，整个车厢除了厕所还有十个房间，其中一个工作间，里面有茶炉、办公桌。两个列车员每人一间，真正供乘客用的只有七间包厢，也就是说整节高级卧铺车厢最多只能接待十四位乘客。

列车服务员是两个快乐的年轻人，勤快而和善。列车开动不一会儿，便送来了"卧具"。与国内一样，包厢里本来就有毯子、褥子和枕头，所谓卧具不过是它们的套或罩。放下手里的东西，小伙子用不太熟练的捷克语客气地对我说，如果我有什么需要，他很高兴为我服务。他嗓音有些沙哑，摩登并且很有味道，听上去也很实在。

在欧洲，不仅是在卧铺车厢里，就是普通的列车也看不到列车员立正、敬礼、自我介绍、表决心等国内常见到的形式。更没有选举本车厢的群众安全员、组织大家评选优秀列车员等看上去很"社会主义精神文明"的活动，就连送开水、打扫卫生、整理行李架等基本工作也一律全免。列车的卫生、行李摆放全靠旅客自觉。大家对列车员工作的认可和评价，都在旅客们认真维护公共卫生和秩序，对列车员的劳动所给予的真诚、尊重和善意的交流之中默默表达了。

欧洲列车的另一个特点就是同样有电子显示屏，但不报站名。无论白天黑夜，无论是列车广播还是列车员，少有报告将要到达的车站站名的。开始乘坐欧洲的火车时因为语言不通，报不报站名对我都一样。尽管还是觉得不如国内随时报站名的习惯好。可仔细一想，不报站名大概也有不报的道理：一是欧洲人经常出门旅行，一般来说行程和时间都不会很长，有自己把握下车时间的习惯和可能；二是不报站名与欧洲人更加重视自律、自主的行事特点有关；另外，欧洲人的平均文化水平高，车内安静、明亮、座位疏朗，喜欢在列车上阅读的乘客们不愿意被报站名的声音所干扰。

列车不报站名，让我闹过笑话。曾经有几次，我因为坐的位置不恰当，又没有注意看站牌而坐过了站。每逢回头坐车，列车员都示意不必补票，说坐回去就是。每次，我都被这种善意和信任所打动。与你从未相识的列车员，凭着他的直觉，用他的正直与信任，给你一种温暖、一种感动。使你心底的正义、理解、善良得到很好的滋养，使你的人格尊严和言行自律获得绝妙的呵护。

卧铺车厢的情况不同，因为在你下车之前，列车员要把车票还给你，等于通知你准备下车。这一点倒是和国内完全一样。

国际列车上的服务员提供茶、咖啡、烟和带包装的小吃。如此，我们喝绿茶的中国人便不易成为他们的"客户"。于是找个借口唤来服务员，让他代我斟几次热水，给他些服务费。其实服务员也不光是为一点钱，而是希望得到一种眷顾与尊重。

我与两个乌克兰列车员一路上相处得很愉快，他们也没有安排后来上车的乘客住进我的包厢来，让我享受了一路"单间"专铺的待遇。

道路

列车穿过斯洛伐克的整个过程是在下半夜。其间迷迷糊糊地被叫醒过几次，捷克和斯洛伐克的边防人员、海关人员似乎对自己的工作都不太认真，一副马马虎虎无所谓的样子。似乎他们还是一个国家，进关出关、出境入境就是那么一回事。看看旅行证件，问问有没有要申报的，根本就不翻看检查，一两分钟草草了事。这种检查倒是不影响睡眠，权当半夜醒来喝口水，马上可以接着入睡。

第二天睡足起床，天已经大亮了。感觉车好像已经停了很长时间。打开车窗，外面的温度比斯洛伐克又暖和了许多。几个车厢的列车员在车下聚成堆聊天，一副短时间内走不了的架势。

列车很奇怪地停在一个两旁立着许多很大的四方形铁柱子的路段上。正待下车询问，却被列车员很严肃地劝止了。看着那钢铁柱子的列阵加上列车员严肃的神态，真怀疑列车是不是与恐怖活动扯上了什么关系。正疑惑间，从车下断断续续传来了马达的旋转声、钢铁工具的敲击声、电动设备的旋转声……原来列车在换车轮。那许多很大的方柱子原来是被用来抬起整个车厢的起重机。

据说，当年老沙皇为了防备西方的侵略者入侵俄罗斯后能够就地利用俄罗斯的铁路运送人员、物资，特别命令把俄罗斯的铁路加宽。从那时起凡是进入俄罗斯边境的火车，必须在边关换成宽轨的车轮，反之则换成窄轨的。来回往返地换轮子无端地白白浪费许多宝贵的时间。我从乌克兰回来时专门做了统计，换一次车轮至少要延误列车一个小时，如果把所有进出俄罗斯列车里乘客的全部计算在一起的话，不知道一年下来损失的时间会是怎样一个天文数字。要知道，坐在车上的大多是劳动生产率比较高的人群，应该比俄罗斯的平均全员劳动生产率高出很多。这是对社会劳动力资源的多大浪费啊！

另一方面，一年三百六十五天，无论严冬酷暑都要露天工作，工人们也真够辛苦的；再说车轮这样换来换去的对于列车和轮子以及它们的装配肯定没有好处，只能增加危险。令人难以理解的是，这样有百害而无一利的弊端竟然跨越了新的世纪！

铺设这种宽轨铁路和建造马其顿防线一样，不仅没有起到预想的效果，反倒给自己和别人带来种种麻烦，授人以笑柄。甚至成为闭关锁国、落后顽固的典范，成为社会学中思想僵化的一个反面例证。唯一可以让换车轮得以解脱的是，对于正在恢复经济的乌克兰，至少还有多保留几个工作位置的好处。

不知不觉间，窗下来了衣衫不整的母子三人。小男孩儿四五岁，穿着一身很旧又不洁净的小西服外套，里面是比较旧的棉衣。脚下穿一双看不清颜色和款式的鞋，短头发。灰蓝色玛瑙般的眼睛里面充满了凄苦和无助。女孩大几岁，亚麻色的长头发有点乱。一方三角巾遮住她的头和脸的大部分，露出来的部分脸色略显苍白，棕黑色的眼睛游移不定，里面的表情比弟弟复杂得多，时常有一丝逼人的光芒从麻木的眼神底下闪过。就是这样的两个孩子向我伸出了双手……

此时母亲侧身对着孩子，像一个观众，不朝我看一眼。我受不了孩子们那企求的眼神和喃喃的、听不懂的哀求声，折回铺房，把小桌上没有动过的火腿、苹果、面包等不多的食物一起捧到窗口。母亲大概怕食物掉在地上才慌忙赶过来，双手牵起颜色模糊的裙子成簸箕状。这时我才看清她的轮廓：和女儿同样略显苍白的脸上长着端正的五官，一双灰蓝色的眼睛没有情感、没有欲望，正如此时的天空，平淡而空洞。是一副经历了多重苦难之后的淡然与无所谓的样子。

男孩子先挑了火腿，女孩儿见母亲没有反对，想伸手拿橘子，但被妈妈用目光制止了，只好委屈地含着泪吃一片面包。母亲怔了一刻，随即在旁边一个可以拆卸的火车轮子上用力把一个苹果磕成两半分给孩子们。其间有一小块掉到地上，她立刻捡起来，吹一吹放进嘴里。我心里发紧，不忍心再看，转身回到包房里。

当我再出现在窗口的时候，下面已经聚集了好几个孩子了，嘴里用捷克语混杂着俄语喊着："求求你，我饿了！"一位黑头发的吉卜赛女人抱着一个很小的孩子站在后面，像个看热闹的。当孩子们知道我已经没有食物以后，就开始要美金、要"克朗"（捷克或斯洛伐克货币）、要赫利温（乌克兰货币）。没有办法，我只好再次离开窗口。

类似的情况多年以前在国内遇到过。记得是七十年代中期去沂蒙山出差，我要去的地方还不通汽车，只好租自行车赶路。中间，我在一家乡村小饭店吃饭，刚一落座，还没上菜就有四五个人进来表情不自然地站在一旁。开始不知道他们为什么会站在周围，后来他们躲闪的眼神和自卑的神情才告诉我他们是在等着吃剩饭。看着那几双盯着我吃饭的眼神——那种像铁锚一样深深扎进饭菜里便再也不能游离的眼神，我的饥饿感一下就消失了。第二天，当我办完差事回来再次到小店时，大概先前看到我剩的菜很多，厨师特意把我叫到厨房里面吃，还免费给我一碗"汤"（加些酱油和葱花的热水）。我正为能躲开被很多人注视着吃饭的窘境而高兴，没想到进屋后，面对我坐着的是厨师的弟弟和妹妹——同样都有一双铁锚般眼神的孩子。

经过二十几年的变革之后，中国从那时封闭的计划经济的"宽轨"慢慢地转变成与世界相通行的市场经济轨道。如今改换了道路的中国人正在逐渐摆脱贫困和苦难，开始走向富裕和快乐。而已经改制十年的乌克兰的女人和孩子们却仍然在铁路边向列车上过路的乘客伸出乞讨的手。

乌克兰自然资源富足，地理位置优越，人民勤劳。这个国家需要的只是正确的道路。

遥望前面不远处，宽宽的铁轨分成两岔。便想：肯定其中的一条到基辅会近一些。

过关

到基辅去（之四）

　　在列车调换车轮的同时，斯洛伐克与乌克兰的边防和海关人员开始上车工作了。于是本来换车轮无端耽误的时间似乎就有了一些事做，让大家对于浪费时间所带来的沮丧便得到一点心理的补偿。

　　边防官员的伙食一定不赖，他个子中等，黑胖胖的。但是怎样看都像根软软的面条。如同在北京许多派出所里见到被捉住的胡同里的二流子一样：背有点驼、头和小腹却略向前探，胳膊毫无矜持地荡在肩膀上，很放松。时而会把双手插进裤兜里，说话、看人都是一副漫不经心的高傲样子，时不时还颤几下腿脚。

　　边防官员看了我的护照，似乎对于他们自己国家驻捷克大使馆的证章不太确定，说了一句我听不懂的乌克兰语转身就走。我连忙制止他。因为按照经验，外出旅行的人是不能和旅行证件分开的。边防检查官似乎没有明白我的意思，用略带惊疑的目光看着我。我用蹩脚的英语向他解释，显然他没有明白。再用差不多同样蹩脚的捷克语解释，他好像还是没有完全懂。于是，只好轮换着用两种根本不搭界语言的单词慢慢地、耐心地、反复地跟他讲，并做着手势向他解释。最后，我终于明白了：他老兄的英语和捷克语比我还要糟糕。当他终于明白了我的意思后，向我敬了一个右手按心脏的阿拉伯式的礼，表示我可以放心，随后公事公办地一笑，匆匆下车走了。

海关的关员是个四十多岁的矮个子中年男人。黑头发，额头上的皱纹很粗犷、很深沉的样子。远远地，你就能感到他那种可以决定一些什么的气势。究竟是做海关工作的，英语、捷克语都可以交流。他先例行公事般地问从哪里来、到哪里去，有没有手提电脑、照相机、贵重金属和外汇。随后问还有什么东西要说明。我告诉他，还有二十几件服装样品带给乌克兰的同事。他说要看看。

提包里的样品的确每种只有一件，每件上都有样品卡，还有几件为了取色样被剪下了十厘米直径的大圆洞。他拿起一件女睡衣看了看说："一件这样质量的睡衣只值两块五美元吗？"随后狡黠地朝我一笑。

看来碰见麻烦了，明摆着这是要"过路钱"。样品卡上的价格是给超级市场提供的供货价格，不可能有虚假，所以我胸有成竹地说："对，只有那么多。"他稍一侧头，表示感兴趣愿意继续听下去并随时准备戳穿我的谎言的样子。于是我算给他听："在中国，一公斤棉纱差不多两美元，织布、染色再做成衣服包装好差不多要三美元。而一公斤棉纱最后可以做二点五件这样的睡衣，所以我们每件可以卖两块五美元。"

他快速地眨眨眼睛反驳道："你算得不对！还有半件衣服多出来！"一副抓住狐狸尾巴的快乐样子。他使用外语边理解边计算，又很快找到问题，看来智商不差。

我淡然一笑回答他："对呀，那就是我们的利润。"

他噎了一下，有些窘。咳嗽两声调节一下，恢复了先前的口气，不容商量地说："你还是得报关上税。"

早听说乌克兰的警察、海关等执法人员有普遍腐败的坏名声，尽管有一定的思想和物质"准备"，但是觉得这位官员并不可恶，就想和他理论理论，解解闷儿："全世界几乎都有相同的规定，少量的样品是不需要报关缴税的。"

"这里是乌克兰！"他有些生气。

"乌克兰规定少量样品也必须报关缴税吗？"我有意激他。

"你怎么能证明这些货物是样品呢？"他着重"货物"一词。

我找出两件被剪了大洞的衣服给他看："像这样的难道还是货物吗？它们只能是样品。"

他指着其他衣服说："这些你拿到基辅，往摊上一挂就可以卖到二十赫利温（五美元）。"

"你认为这几件衣服比我的卧铺车票值钱吗？"

"那是你的事。"

"请问，这些有洞的衣服可以算作样品吗？"

"可以。"

"您如果允许，我可以马上做到。"说着我就用水果刀在没有洞的衣服上割。心想反正样品不怕有洞。省下关税倒在其次，倒是要看看这位乌克兰关员还有什么招法。

"这太可惜了！"他赶忙制止我。

"我要证实它们是样品，更重要的是希望能够证实我的诚实。"

"我已经相信了。你与其破坏它，可不可以送给我一件？"

"不行，这是样品。"

他在两件相同款式但不同颜色的睡衣中拿出一件没有洞的说："这一件可以吗？"

为了不把事情搞僵，只好答应他。他有些不好意思地告诉我：工资很低，又有孩子。说着竟然有些脸红。这倒让我不好意思起来。想给他个水果什么的缓解一下尴尬，转身后一想，食物都给那母子几人了。只好抓起那件衣服塞给他。

"我还要工作，衣服先放在这儿，等会儿来拿。"说完他给我的报关单上盖了章，急忙走了。

直到列车启动前一刻，边防官员才随着一声蹩脚的"OK"把我的护照递给我。而那位税务官不知什么原因一直没有露面。尽管他利用职务之便向我索要东西，但我的直觉告诉我他不是一个很坏的人，至少还是一个会红脸、有羞耻感的人。

东 西

乌克兰与美国、中国一样，东边比较发达、富裕，西边比较落后贫穷。一方面是因为地理位置的原因，西部山高路窄交通不便，影响了经济的发展。另一方面，据说这一地区始终有亲西方的倾向，以至于在苏联时期长期被提防和忽视，不能得到充分的发展。

从关口"乔普"东行再往北，便是乌克兰西部腹地。不像中国，乌克兰所谓西部的界限是比较模糊的。在乌克兰，西部有特殊的含义。据说，先前乌克兰西部的相当部分原来是隶属波兰的。在沙俄一七九三年叶卡捷琳娜二世对波兰的战争之后才划入了乌克兰的版图。因此西部在乌克兰除了地域的概念之外，还有不同的政治含义。

乌克兰五十万以上人口的城市有十一个，而在西部约占全国五分之二面积的土地上，只有"利沃夫"一个城市。利沃夫的历史已有八百六十五年，现在大约有居民一百三十万。我到乌克兰的第一个目的地便是它以南五十公里的小城劳茨兹朵尔。

乔普到利沃夫之间的路大概四百五十公里，算起来路程并不远。可是快速国际列车竟然跑了近十个小时！看得出，这段铁路建造的年代已经久远，由于没有足够的经费维修，路况太差，火车跑不快。缓慢的车速与铁路两旁迎面而过的残破景象相映照，只能用"苍凉"二字来形容。

在娘子关上，我看到过太行山的层峦叠嶂；在浑江市的六道沟，我看到过长白山的绵亘；在泰山、庐山上我看到过茫茫的云海；在三峡我看到过湍急的水流；在贝加尔湖畔我看到浩瀚的雪浪和无垠的原始森林。它们不同的景象都给我留下了深刻的记忆，但那都是蕴含着某种爆发力的寂静，以广袤、雄浑显示着泰然从容的自信，用沉默宣示着不容忽视的尊严。我所感受到的是蓬勃苍莽的生命力，是勃然潮涌着的灵魂。而这里，给人的感受是兴盛之后的破败，一种落花流水的颓然，一种在沉沦中的无声挣扎。

捷克的乡村景象比起西欧来已经破败了许多，而我看到的乌克兰西部的乡村，就好像是在没有太阳的日子里戴上墨镜一般，感到异乎寻常的沉闷和模糊不清。

沿着铁路，可以见到很多极大的别墅、房屋，从形状和面积看当年一定是一座座气度不凡的"大屋"。然而这样的"大屋"，一半以上是没有墙皮的。自然有一些当时设计时就没有墙皮，如同国内八十年代盖的普通民居搂。但无论当时就没有设计的还是后来脱落后露出砖头的，都同样告诉人们，它们时髦的年代已经过去很长时间了。与在它们附近田地里忙碌的母亲们一样，它们老了，年轻时的潇洒与浪漫已经被生活磨得走了样、被日子扭得变了形。

在捷克，已经很少看到没有墙皮的住房了。更多的人使用厚厚的泡沫塑料板为墙皮保温，外面用尼龙网和一种防水的水泥胶处理后，再外敷防日光老化的涂层，既保温又平整美观。如果不用手敲敲试试，绝对看不出这种墙皮与普通砂灰墙皮有何不同。房屋有了这层"被子"夏天不热、冬天保暖，虽然当时花钱多一点，但以后既节能、耐久又省钱省事。好处真不少。

说乌克兰西部建筑色彩沉闷的另一个原因是瓦。西部铁路两侧绝大多数房子的屋顶几乎都是大块的石棉水泥瓦楞板或白铁皮瓦楞板材料搭成的。有的人家房顶上的瓦是很旧的方形小片瓦，上面长满了青苔。

那些"大屋"旁边的一些矮小破旧的房子就更差些了。房子全方位地打着许多颜色不等的补丁，一些穷人家的房顶被各色的瓦、铁皮、油毡参差不平地凑合着搭着，一副摇摇欲坠的样子。远远望去，整个村庄的墙和房顶连接成灰蒙蒙一片。这与捷克乡村常见的白墙、红瓦、绿地的境况相比，真不是一个灰字可以概括的。

令我不解的是山村的房屋一般是独立的，相互之间拉开不小的距离，并且几乎都没有院墙。想来那里的治安社情应该很好。人们之间有一种基本的信任。

山村里的路一看就知道原来是柏油路。因为年久失修上面布满了星星点点的水洼。一个个大大小小的水洼就像一只只空洞的望着天空的大眼睛，似乎在问："乌克兰这些年究竟是怎么啦？！"水洼之间的泥浆显得很平，告诉你下面是残存的那部分柏油路面。路旁停的车不多，绝大部分是原苏制"拉达"或"莫斯科人"的旧轿车。

有趣的是乡村小路上的马车，它像一只特别的船，在那显得黏稠的液体上一上一下的滑行，有点"乘风破浪"的意思。车把式如同一个熟练的的"舵手"，他显然知道哪里的坑大、哪里深浅，他潇洒地挥动着手中的鞭子，就像个指挥家。他的"船"就在那黏稠的河水里迂回、颠簸着"航行"。

七十年代，这种景象在中国农村随处可见。近些年机器便宜了、草料贵了、马路好走了，养大牲畜作动力的情况在平原地区已经不多见了。

拉车的是两匹虽不高大，但还可以称作矫健的成年马，毛色不错，亮亮的。与以前在国内看到的不同，乌克兰的马车没有中国那样的车辕，可以由一头牲畜拉着走。乌克兰山村的马车是从车底伸出一根又粗又长的木杆来，如同横放的船桅杆。在"桅杆"的前面，做了一个像杠杆一样的横杆，与桅杆交叉成十字形，横杆的两端各套着一匹马。也就是说必须要有两匹以上的牲畜才能拉着车走。由于横杆的杠杆作用，只要其中一匹用力，另一匹自然就因杠杆的作用承担一半的负荷，在制度上解决了出工出力方面的分配不公平问题。不像中国的马们，先区分驾辕的"一把手"，和拉套的二把、三把手。把马先分成等级，给以不同的待遇，然后主人再自作自受地去调整、平衡很不容易处理的相互之间的关系。不仅等级制度繁复累赘让所有的马都不爽，也容易弄出苦乐不均、伤害积极性、害死千里马的蠢事来。看来无论是用好草好料"正面引导"，还是用严厉的鞭子"治病救人"，总是没有把结构设计好更起作用的了。

因此想到，社会想要进步，结构和道路的设计与调整是非常关键的。中国近四百年的蹉跎和近二十年的快速发展正是改变社会结构、调整发展道路带来的结果。其实所谓设计，不过是尊重事物本来的状况，按照事物本来的规律做事而已。

列车经过了许多小河。有的清澈见底，落叶游鱼如诗；有的浑若牛奶、米粥，白绿、褐黄的颜色令人恐怖。似乎隔着车窗都能够嗅到恶心的气味。不禁想起年幼时家乡造纸厂排出的褐红色废水，那水泛着细小的白沫，冒着冲天的臭气，是那种一想起来就要呕吐的味道。这种令人难忘又恶心的气味我在七六年夏天唐山地震后的尸体堆里有过第二次体验。然而在七十年代，一些科盲"干部"竟然可以忽略那水含强碱的事实，说水里面所含的纸浆残渣是肥料，水臭说明有肥力，鼓励农民用它浇水稻用。现在回过头来看，我们曾经闭关锁国、不顾科学的日子是多么可怕。如今如果再有谁守着造纸厂排出的废水高喊水至清则无鱼，反对净化处理并当作肥料供农作物灌溉用，没人把他当疯子看才怪。

市场

本来苏联东欧一带就有天然形成的小型市场，有些类似中国乡村的集市，大致每个周末开一天或两天。主要是为了弥补国营商业的不足，在我国叫"拾遗补阙"的农村集市。

早些时市场里大多是销售小宗自产农产品、食品、小工具、家用旧物什么的。九十年代初来东欧的时候，见到的都是这类市场。这种市场中，较大较固定的，一般设有一些水泥或铁制的台子，间档不大，供商贩堆放商品用。较小的市场往往就是一个郊区的停车场，一个没有标记的约定俗成的交易场所。

来市场的人其目的似乎并不只是交易，更多人带有休闲、游玩的意味。有的摊贩有相对固定的位置，也有属于临时打游击的，先摆上再说，来了摊主再让，实在不行就在自己的汽车上卖。尤其是冬天，把货摆在汽车引擎盖上，人坐在车里，既不耽误生意又不受寒挨冻。

不知何时始，那种轻松而又自由、散漫的市场早已不见，取而代之的是现在的熙熙攘攘、繁杂喧闹的"大市场"。

奥德赛的大市场据说也是从停车场演变过来的。它的位置其实离城市和港口都还远。从它坐落的位置看，是一个相对独立的新兴市场。

奥德赛大市场从形式上看与当今国内流行的大型摊群市场几乎没有什么两样：狭窄的过道，拥挤的摊位，杂乱密集的展示架、展示台。

每一间小摊档里都站着自学成才的售货员，一手交钱，一手交货。

走在人群里，浏览着琳琅满目的各色货物，真有在国内逛市场的感觉。稍显不同的一是人的面貌与说的语言，二是除了中国货这里还有许多苏联货、土耳其货、波兰货……最大的区别是建筑。在国内，现在一般是在一个很高大的建筑内分割成许多道，再切割出一个个摊位。而这里的市场是在露天场地里用一个个集装箱拼凑起来隔成道路和摊档的。由此可以推论出市场最初形成时的临时观念和缺乏资金的原始状态，并据此确认奥德赛大市场最初就是由停车场演变而来的。虽说现在飞黄腾达了，每个摊位月租金动辄上千美元，但是仍残留着旧日的沧桑痕迹。

现在奥德赛大市场不仅闻名乌克兰，连周边的匈牙利、斯洛伐克、罗马尼亚、土耳其、波兰等国的许多商人都聚集于此，满怀激情地进行着商品与金钱的较量与厮杀。几年的时间，它已经成了占地几十万平方米，拥有几千个摊位，囊括了几乎全部电器、服装、鞋帽、食品和日用商品的超大型国际化大市场。

按说国内国外的市场我经见得不算少，但是像奥德赛这样设施简陋而规模庞大、人气旺盛的市场我还是第一次见到。

乌克兰"大市场"兴盛的原因是多方面的。首先是原苏联时期重视军备竞争，忽略日用品生产，商品匮乏、网点稀疏，轻工业商品的空缺很大。另外乌克兰本来就很少的国营零售商场几乎全部私有化或者倒闭，外国的超市也还没有被允许大规模地进入，正规零售业不发达。所以只能让"利伯维尔"（乌克兰语音译：自由市场）来承担"保障供给"，为人民提供消费品的责任。

在乌克兰的每一个城市，都有一处或多处规模不等的这类"利伯维尔"，很多地方为了争抢"利伯维尔"地盘的控制权，闹出不少杀人夺市的把戏，搞得大家提心吊胆、惶惶不可终日。"利伯维尔"的普及，几乎使整个乌克兰的零售业无可奈何地建立在"利伯维尔"的摊位上。

"大市场"不仅具备批发功能，更多的是零售功能。因此，几乎所有摊位的标签上都有批发、零售两个价格。同时市场周围的各种各式交通工具，如同大市场这个商业引擎的活塞一样，把成车成车的顾客从远远的城镇拉来又送回去。

应了货以稀为贵的俗语，大市场的兴盛使得它的摊位成了奇货可居的商品。要在大市场租到一个摊位，每月租金要一千美元以上。好的地段要两千美元，最好的拐角处非三千美元不能得到。对于月收入平均不足一百美元的乌克兰人，这样畸形的价格真是难以想象。但就是这样"高价"的摊位还很难租到。一个每月需要交两千美元租金的摊位，租赁转让费要三万美元！且不算市场老板怎样发财，就说那些小摊贩为了挣回成本，也一定要给商品的价格加不小的利润率才得以维持生存。这样到了消费者手中的商品自然就不便宜了。如此一来，等那些用工少、劳动生产率高、几乎以一手价格入市的超级市场到来时，目前这种购物环境恶劣、交通拥挤不便，货物质量难以保证、价格没有优势的市场如果不进行调整，肯定会像沙滩上的建筑一样顷刻间便不复存在。然而，目前它生存得很好，如同一个越吹越大的气球，正在蒸蒸日上。

欧洲大市场与中国大市场的另一个区别是拥有较大的停车区，奥德赛大市场三面可以停车，大的停车场有一公里多长。各个从大市场延伸出来的路口上"小公共汽车"排着长队，那境况与北京颐和园门口的小巴士一样，一辆接一辆，上满人就走。其发车的速度和频率简直令人难以置信。

十几年前，在东欧社会转型、市场转换的当口儿，占了开放先机，有了市场摆摊经验的中国人来到东欧，立刻使这里的"利伯维尔"焕然一新地繁荣起来。中国人用手中的商品，用敢于大幅度逃税的胆魄，用已经熟练了的行贿方式和手法很快就在这里成了独领风骚的一群人，也使这里的"利伯维尔"以爆炸似的方式成长起来。那时的中国人拖着小行李车、背着背包卖纱洗、皮夹克、羽绒服，与卖望远镜、糖果玩具的"老外"打架争摊位，被偷、被骗、被抢，遭遇不少；后来开着小汽车、大卡车，雇下"老毛子"当工仔跑市场；直到一步步发展成一口气租下几百、上千平方米的大仓库，从行商变成了坐商，也就正儿八经地做起批发生意来。只是中国人由于语言的制约和东欧各国移民法律的限制，也由于中国人本身不齐心的本性，没有抓住经营市场的机会，自己始终停留在外来进口商的地位而没有在房地产方面前进，把开发大市场的大好机会拱手送给了别人。

如今，乌克兰的绝大多数华人大多只能"寄人篱下"地继续摆摊。仅在奥德赛大市场，中国人的摊位就有三百多个，大多经营鞋、纺织品、文具或小商品。有的是几个人合作，有的是一家人经营。不少人雇了乌克兰雇员，由他们帮助售货和对外联系。

前几年，因为一些冒充黑社会的华人盲流捣乱，大家都谨小慎微地做着自己的生意，除了几个常接近的朋友，一般不张扬、结交。对待乌克兰警察和税务等机关的恶警也多采取忍让、退避的态度，只求息事宁人地把生意做下去。虽然乌克兰华人也成立了商会、华联会，但眼下还没有活动起来。大多数华人没有长期打算，只是暂时应付环境的变化，能够待下来、维持下去最好，以求将来有发展的机会。实在不行就卷铺盖走人。

其实"利伯维尔"的兴盛更重要的原因是由国家行政职能的不健全造成的。一方面，国家在"利伯维尔"里失去了对于商品和经营者的控制，无论谁都可以任意卖他想经营的商品，包括那些必须经过安全质量检验或者卫生质量检验的商品。在这里只要老板批准你开摊，就可以在这里卖名牌服装、卖盗版盘、卖未经检验的电器、玩具和食品……另一方面，对于"利伯维尔"，国家难以控制国家生存所必需的税收。因为在这里进行的多是无票证交易，如同国内的集市，税管员按照摊位收定税，既不合理又留下以权谋私、徇私舞弊的温床。真不知道乌克兰国家的零售总额的数据从何而来。

说来"利伯维尔"是一个很好的词汇：即体现了每一个个体的自主意志，又从经济这个社会基点上去展示人们对于自由的向往和追求以及由此带来的竞争。同时，又重视市场本身的作用，含有市场规则、经济规律的意义，表达了身心自由的人们在市场的作用下分离、组合，竞争、生存，接受规范又突破规范的自然特性。

四十年以前，我们中国是把它当作不得不暂时留下的一条"资本主义的尾巴"列在必将扫除之列的。作为落后的国家，在经济和社会管理还不能保证国家正常运行的时候，"利伯维尔"无疑是最佳的选择。但是当社会进步到需要更加完善地管理各种经济关系的时候，它自然成了"关、停、并、转"首当其冲的对象。

据说捷克2004年也要像西欧一样取消摊群市场，把所有经济形式纳入国家税务管理的轨道。因为"利伯维尔"的灰色、黑色经济，不仅仅在于偷逃国家的税收，它还会在非法就业、套汇逃汇、货品质量没有保证等诸多方面冲击国家所依赖的主体经济。外国依章纳税的大型超级市场也不断提出不公平竞争的抗议报告。由此看来"利伯维尔"也不是越自由越好。

2002年，欧洲权威评估机构仍然把乌克兰定为高风险投资地区，因而外国大型超市的脚步声听起来还远，所以乌克兰的"利伯维尔经济"还有一段路要走。

公路

从奥德赛大市场出来已经是中午十二点了。我们来到黑海边上的一个路边小店歇息。朋友的太太是个精细人，离开市场之前督促我们买了很多食物准备路上吃。

从地图上看，乌克兰的公路比西欧的稀疏很多，但还是没有想到公路的情况会是这样糟糕。尽管许多路段很宽、很直，桥很高、很大，但是从利沃夫到奥德赛将近八百公里的干线公路上，竟然没有一段全封闭、分隔清晰、标志明显的可以称得上高速公路的地段。有些路段坑洼不平，汽车要绕着弯行驶躲避坑坎。很多时候相对行驶的两辆汽车，在远处看竟都是在逆行的一侧行驶，只是到了近处会车的时候才回到理当占据的一边。由于路况差，车的速度开不起来，驾驶很辛苦。于是我们决定吃了饭再继续赶路。

乌克兰的路边店极像国内的那种，总想用低标准的装备尽量达到富丽豪华的效果。外形上往往采用以小见大的那类装饰，把著名的建筑物、建筑风格用廉价的材料微缩到自己的小店上。苦于装修费用太高，大多自己敲敲打打拼凑了事。远远看去还像一回事，却容不得近看。外墙喜欢用鲜艳张扬的红色，窗子里面挂起很多节日灯，每到夜晚便红红绿绿地闪个不停，给人一种经营色情行当的感觉。

我们选的这个路边店位置很好，凭海、临路、靠桥，门前有很宽敞的停车区，一看就是一个难得的市口。小店的一侧是室外露台，露台分三层一阶阶地由路面向海面降落延伸。大概是生意一步步好起来后才逐步扩大了营业面积的缘故，三级露台既不等距，又没有统一的装修风格，装修的材料也明显不同。其新旧差异显著的建筑材料说明，这里至少经过多次不同的零星装修和整理。说是装修实在太勉强，因为那只是在路旁海边整理出了三层稍宽的台阶而已。地面是废旧的水泥预制板，栏杆是二手铁管焊成的一圈简易的围栏。连接三层露台的台阶是水泥的，可能是砂多灰少，显得有些糟，中间处的棱角早已深深地凹下去，许多裂痕歪歪扭扭趴在上面。条形桌子是铁的，上面蒙着脱了一些漆的铁皮。桌子两侧各放一个长条凳，山西人闹新房时让新郎新娘"过桥"的那种简易木凳。

三层露台没有一个人，静得有些让人起疑。挑最低一层紧靠海边的一张桌子，我们准备开始午餐。一位女伙计急急赶过来，一副要干涉的样子。聪明的朋友抢先打招呼，告诉她我们需要一些矿泉水和三杯卡布奇诺，那女子才算收了火气。这让我想起多年前在上海的一个不算太小的饭店里见到的"带饭勿堂吃"与"以阶级斗争为纲"的黄纸条幅并列在一起的有趣而奇怪的景观。

打开塑料袋，他们的是熏鸡、香肠、黄油、黑面包，外加几个西红柿；我的是从朝鲜人摊位上弄来的凉拌海带、平菇、香菇、花菜、白萝卜，还有两个酱猪耳朵！好丰盛的一桌呀！

没有刀叉、筷子，三个人只有一把水果刀。于是我提议，让女士独自"耍大刀"，我们两个男士去海边净净手，穆斯林一回（穆斯林有用右手指撮着吃饭的习惯）。正吃着，三位身着鲜艳的超短裙和长袖短身薄毛衣的年轻姑娘走到了我们的露台口朝这边观看。大概是见我们用手撮着东西吃的吃相难以接受，互相对视一眼，吐了一下舌头，转身走了。

"大概是害怕拉登。"我撮着在三个手指间的海带调笑道。

"什么拉登！"朋友有点走神，当见我把捏在手里的海带夸张地送进嘴里，二人笑得差点把饭喷出来。

朋友怔怔地望着那三个远去的身影，不无感慨地说："腿长得太美了也是个负担，天这么冷。"太太嗔怪地揪住他的耳朵拉向饭桌："猪耳朵！"这回要喷饭的是我了。

太阳从薄薄的云层里钻出来，一点都不耀眼，暖暖的。阳光像一只大手，把海、山、云稳稳地托在掌心里。带着暖意的微风夹着些淡淡的海腥味徐徐吹来，混着浓浓的醉意抚摸着人们的脸颊。黑海的水清得如水晶般透彻，没有一点杂质，也没有一点浪花。沿岸没有沙滩和礁石那些令诗人吟咏比兴的景物，土质的海岸质朴、实在。形体大如野鸭的灰颈海鸥浮在海面上一动不动。远处墨绿苍莽的丘陵衬托着海天一色的沉静，透出一种原始、空灵的情调，犹如一幅静止的图画。

朋友说乌克兰在欢迎你呢。若是以往，这个季节早就大雪纷飞了。今年真怪，都快过圣诞节了，竟这样暖和，今天的气温可是17摄氏度！

一路上有很多新建成的加油站，还没有见到一家像西欧和捷克那样开放式的。无论新的旧的，加油站和国内的差不多，都不大。付款的窗口极小，有点像传统火车站的售票口，拳头般大小。想来是害怕被流动在公路上的土匪抢劫，故意设计成这样子的。其实真要抢劫，在管理员加油、读数、收款时一样可以得手。小心的设计只不过是满足了心理上的安全感而已。在捷克和西欧，加油站就像一个个小超市，除了车用备件、耗材之外，还有食品、酒水、玩具、图书杂志，甚至还出售避孕工具。有的加油站干脆在旁边开个快餐或酒吧，想方设法赚客人的钱。

记得改革开放之初，中国很流行"要想富，修公路"的口号，从那时起，中国的经济与道路一起迅速发展起来。自然修了路不一定就会富，但是富了是一定要修路的。由此看来，在今后相当长的一个时期，乌克兰的筑路工作一定是很多的。

朋友夫妇都是诚挚的东正教徒，一路上只要见到路边有教堂，他们就自觉地在胸前画个十字。偏偏乌克兰几乎每一个村镇都有教堂，于是这一路也真够他们夫妇忙的。闲来无事，我在后座上吹口哨，被他们善意地制止了。他们说车里的反光镜上挂了神物，吹口哨会亵渎神，遭到报应。也许正是我吹了口哨的缘故，在天将黑尽、已经行驶了五分之二路程的时候，老式拉达车突然间出了故障，水温达到了一百度。开门下来，朋友自言自语地说："给谁打个电话呢？"明摆着，不能麻烦几百公里以外的朋友。

要是在捷克，一般在干线公路上，拨一个124的电话，半小时之内就会有救援修理的车赶来，如果不适合急修，他们会帮助把车拉走修理，把车主就近送到有交通工具的地方。可这里是乌克兰，我们只能自救。凭着我们一点可怜的经验，断定是水箱胶管漏水。好在天气冷，发动机凉得快，我们不断加水，走走停停，三个小时之后才好不容易找到修理站。

这是一个不小的修理站，宽大的车间可以同时修理三辆公共汽车。

可仔细一看，除了一架链条式的旧提升机之外，其他的跟我很多年前在国内刚进铲车装配车间的情况差不多：工人每人一个抽屉，里面混放着属于自己的所有工具，找起来极其麻烦。工作台上堆满了配件、工具、废料等杂物，墙黑乎乎的，地板油腻腻的，横七竖八地放着装废油的盒子、木垫、胶管、铁棍等东西，给人杂乱无章的感觉。虽然不喜欢这番乱象，倒是有一种老伙计般的亲切感。朋友为了照顾我，关照我带他太太到旁边的酒吧里喝点儿什么暖和暖和。

两个小时过去了，我们一行人回到车间后，见满头大汗的修理工就像刚开始工作的生手那样摸不着头脑。这是一个瘦小的中年人，想用一截高压胶管代替那截破损的普通胶管。可是带有钢丝的高压胶管没有弹性，装不上。都弄两个小时了，还在设法装。问他有软胶管吗，回答说有，但是太粗。我接过来一比说，用这截粗的套上那坏的不就行了吗？他"啪"的一声拍了一下脑门，五个黑手印清清楚楚地落在他那光光的脑壳上。推开他，我和朋友挽起袖子，不消二十分钟就弄完了。修理工还急着说："没有大油管的卡子啊！""铁丝！"朋友不耐烦地回答。当我们洗完手准备离开时，修理工拿来了账单。朋友看都不看递过一张小票回身拉着我就走："下次回来再给他要学徒钱"。

终于又上路了。没走几步朋友就把我从朦胧中叫醒，说要用冷水洗洗脸。这下我害怕了，赶紧抖擞精神陪他说话，不行了讲黄色笑话，再不行了就唱两人都会的《摘苹果》《山楂树》《三套车》还有《莫斯科郊外的晚上》等苏联歌，最后只能拿他的脖子连掐带揉、又摁又揪，疯疯癫癫地折腾了五个小时才筋疲力尽地回到家。

其实晚上这一路也并非都是这样苦难重重地疲于奔命。为了解除连续驾驶的疲劳，我们曾经在一个大湖边上的昼夜鱼市上停了一会儿。将近一公里长的鱼市，摊上摆的都是经过仔细熏过的淡水鲤、鲢、鲶、鲫、草鱼，还有几种叫不出名字的。大概为了防腐和好看，鱼的表层在熏制前都刷了蜂蜜，使那些鱼熏烤后显得既漂亮又新鲜。据说白天这里会有许多鲜鱼卖，还有河虾、河蚌和湖蟹。算了一下，价格竟和捷克差不多，很贵！一位鱼贩闲来无事与我们搭讪："朋友，你们中国有这么多鱼吗？"那意思是在说恐怕没有我们乌克兰这么多吧！

我含糊其词地给他留足面子说："差不多吧。恐怕吃法比你们多些。"

一个站在父亲身后露出半边脸的小姑娘怯怯地问："怎么多呢？"

我吹牛（可能真有，只是我没准头）道："鱼鳖虾蟹全算一起的话，全中国恐怕能有一百来种吃法吧。"

顿时众人哄堂大笑。他们根本不能想象中餐烹制的复杂，一定以为这个"老外"在吹大牛。其中一位笑着逗那姑娘："塔莎，听见了吧，跟上这位中国佬去吃一百种鱼吧！"大家再一次哄然畅笑起来。

孩子

从奥德赛大市场回来沐浴后上床时已经早晨八点半了。按说朋友的小女儿索菲娅让给我的、有双层窗帘的小房间应该不会影响睡眠。何况一夜劳顿，已经困极了。没想到还不到中午，眼皮依然沉沉的，却再也睡不着了。

睡不着觉的原因是索菲娅的"孩子"们在"捣乱"。

索菲娅是个四年级的小学生，十二岁。几年前曾经跟妈妈在捷克上过两年小学，还记得不少捷克语。在父母的帮助下，她养了两只百灵鸟和一只荷兰鼠。每天除了喂食喂水、倒垃圾外，她还常常把它们当成自己的"孩子"，以母亲样的口气和它们说话。小动物们似乎听得懂，常会歪着脖子看着她，一副很认真的样子。

索菲娅的妈妈说，孩子养小动物是麻烦些，但仔细算来还是好处多。通过侍弄小动物，会激发孩子的爱心，养成关怀身外生物的同情心，也容易启发孩子理解上帝对人的爱并转给亲人和朋友。饲养小动物还能养成孩子坚持做好一件事情的耐心、责任心和毅力，培养孩子认识规律、尊重规律的好习惯，训练孩子处理好复杂的学习、娱乐和"工作"的关系，热爱清洁、分清主次，树立责任心。不愧是学幼儿教育出身的大学生，说出来一套一套的。

那只荷兰鼠名叫"凯奇"，是个还未完全成年的小家伙。它原来居住在一个大玻璃灯罩里，上面盖上一本厚书，再压上电熨斗。可是这个不足一百克的"小鬼"却经常推翻"压迫"而"越狱"逃跑。搞得整个家里晚上到处"哗啦哗啦"响。

两只鸟儿母的叫爱丽莎，公的叫米莎。他们刚刚搬到一起不久。解除了生疏感的米莎正使尽浑身解数去追求爱丽莎。一天到晚不停地献殷勤、做表现。它们一忙，我便难再入睡了。

索菲娅在不久前的一次作文中写道："尊敬仁慈的上帝，我的米沙有了爱丽莎，我自己需要的东西爸爸妈妈都会给我准备好的，现在米古拉什（圣诞老人）节就要来了，我什么都不向您要，只请求您让米古拉什来时给我的"凯奇"带来一个大一些的房子,让它住得舒服些。"

索菲娅长着一头浅亚麻色的头发，略显苍白的脸很干净。纯真快乐的眼神里流露着一丝忧郁，很典雅的那种。长胳膊长腿，个子瘦高瘦高的。眼下正在学跳舞。索菲娅在学校学习很好，总是前几名。放完学就回家，从不在外面乱跑，让父母担心。她知道妈妈和爸爸每天工作十几个小时每月才能挣到一百美元（在她的家乡已经是很不错的工资了）。妈妈每天上班要走三公里路，一直没有舍得买自行车；自从奶奶犯了风湿病，妈妈把家里那台洗衣机送给了奶奶，至今还用手搓洗一家三口的衣服。所以索菲娅不向妈妈要钱给"凯奇"买房子，想请求米古拉什爷爷给她的凯奇把房子带来。

我喜欢这个乖顺漂亮的孩子,特地买了一个大号的新鼠笼送给她。当她把"凯奇"放进"捷克的米古拉什"带来的礼物里时，高兴得满脸通红。对每个大人又是亲吻、又是拥抱，代表"凯奇"向大家表示感谢。以后的几天，每当我抽空做中国饭给他们吃时，索菲娅总是一连说很多个非常、非常、非常……最后才是感谢！一天饭后，她有些不悦地问我："巴维尔（我的捷文名），你可以不走吗？"

"为什么？"

"我喜欢看你一边写一边想的样子。"

"你说什么？"

"我是说你肯定在想：'我该怎样写索菲娅呢？'"

"你看得懂我写的？"索菲娅摇摇头。"那你怎么知道是写你的呢？"

"我感觉到了。"说着做了一个电视广告上常见的眨一只眼睛的挑逗动作。真不知道她的小脑袋里究竟装了些什么，怎么知道的我正要写她。

一天下午我出去散步，没走多远就听见"嘭""嘭"的球声。循声过去，看见三个小足球场上都有人踢球。一组是成年人，腰身硬硬的；一组是几个不整齐的半大孩子一窝蜂似的大呼小叫地追着球跑。是那种中国小学生上体育课时一塌糊涂的玩儿法；只有第三组十四五岁的一伙，不仅年龄接近、个头儿整齐，就连着装都有板有眼的，一个个短裤长袖衫，脚蹬足球鞋。虽然服装不一致，但他们似乎自己认得很清楚，不会以敌为友地错传球。这些孩子显然受过正规训练，传接、盘带、掩护、走位、过人、射门，一招一式熟练老到。小小年纪出脚干净、动作小而快，准确性很高。两支队伍，小场地对抗，攻防转换速度极快。一来一往的挺有看头。场地周围不少男男女女的小孩子津津有味地站在一旁指指点点地边看边评论。这幅少年无忧的画面让我想起"文革"前中国孩子们类似的场面。那时大家都没有钱买现代的体育用品和器械，放学回家顾不上写作业就抄起自制或简单便利的玩意儿游戏起来。那份投入、那份忘我、那份乐趣至今难以忘怀。

户外活动使孩子们亲近自然、增强体质、在游戏中学会处理人际关系，好处很多。不像现在国内的中小学生，只有作业、电视、电脑，不合理的教育制度和现代化的器具把孩子变成了它们的奴隶，使他们的生活越来越平面化，思想越来越直线化。刻板的屏幕取代了本该生动活泼、充满情趣的童年生活。

当然这种评价是以旧时的价值观为尺度的。或许屏幕带给孩子们的生活方式主体上是进步的，只是应该从身体健康和心理健康方面加以完善罢了。

相比之下中国的教育实在需要改革。在欧洲，学生在九年级以前，下午基本上是没有课的，自然也就有了横向发展知识和兴趣的可能。他们以"基础知识不够牢固"为代价，换来了知识面的拓展，换来了多种技能的发展，换来了认识多种情趣、多种层面生活的机会。当然，也有不少因为把孩子放到社会上，学校、家长"管教不严"而吸毒、偷盗、淫乱出事的。是耶？非耶？自是各持己论。

面对球场上这些无忧无虑的孩子，心中生出些许羡慕。看着他们矫健的身影和满头的大汗，觉得自己的身体也轻快起来。于是站在原地转转体、摇摇臂，活动活动。没料到球场边的好几个少男少女竟学着我的样子一边扭，一边打闹起来。他们善意地向我招着手，更加夸张地摆动他们那柔韧而轻松的腰，美得乱七八糟的，让人忍不住要笑。打闹间，几个女孩儿还兴奋地尖叫了起来。

有一个快乐的童年真好，这份纯净、这份坦然。

居家

到基辅去（之九）

朋友劳斯嘉原来是和父母亲住在一起的，一套两加一的房子里，住了老少六口人。想象中，那情形与七八十年代中国小家庭的情况差不多。

从捷克回到乌克兰以后，过惯了小家庭生活的夫妻二人不愿意再回到父母家，于是他们租了房子搬出来住。他们小二加一的房租价格和中国的小城市差不多，合人民币二百元左右。其实，劳斯嘉的太太原来是小学教员，在一百公里以外分到过一套小房子。当下他们正准备把那房子换到现在的这个城市来。

公寓楼是没有电梯的六层建筑。公用的大门不像捷克的，常年锁着，进进出出，随开随锁。如同中国的公寓楼，大门很破，大门翼侧有连接各楼层的垃圾管道出口，夏天时味道很不好。不如捷克的办法，各家用塑料袋自己送到远一些的垃圾箱里去。楼道很窄，墙壁很多年没有粉刷，间或有孩子们胡乱写画的痕迹。楼道里的电灯照明度太低，有的不亮。和我在北京时住的八十年代建造的宿舍楼几乎一样。

公寓的房间不大，相当于中国的小二加一。刚一进屋，劳斯嘉就指着装修过于简单的房间解释说："房子不是自己的，装修比较简单，待将来有了自己的房子再说。"

整个房间的布局，看上去和捷克的类似，但从色彩的选择和饰物的搭配上又接近西亚色彩浓重、鲜艳的特点。比如：进门后要换拖鞋；占整整一面墙的壁柜里，几乎一半的位置是礼品架，摆着很多基本无用场的酒具和饰物。不同的是捷克人的礼品架上多是色彩简洁、色调偏冷的水晶制品、青花瓷器、铜臼等器皿；而乌克兰的朋友家里，则多是彩陶、面人、长毛绒玩具等色彩缤纷的玩意儿。装饰墙壁的不是捷克人的那种油画组合或其他挂饰组合，而是在墙上放一块大大的鲜艳挂毯，上面缀上各种色彩鲜艳的长毛绒或布料做的小动物、小玩具、小人儿等布偶，看上去倒也优雅别致。两相比较各有千秋：前者清高孤傲颇具贵族风范，后者温馨平和富有平民亲情。使我明显地感觉到对于饰物的偏爱和对于色彩的感觉，西部的乌克兰人与中国人比较接近。

主人把女儿索菲娅送到奶奶家去，我就像一条大灰狼一样占据了"小兔儿乖乖"索菲娅的"闺房"。与捷克人一样，乌克兰人的卧室与中国最大的不同就是有一个专门放被子的矮柜，每天早上把被子折好放进去，晚上睡觉时再拿出来。而小柜子上经常放不少小饰物，一开一关，几放几收，就我的感觉来说很麻烦。倒不如把被子平"务"到床上，无论从方便角度还是卫生角度，都比捂到那狭小不透空气的小柜子里好。

房子的门厅和卧室与一般中国家庭的相似。差异最大的地方是厨房。一个不到四平方米的小房间，兼具厨房、餐厅、储藏室的全部功能。

在捷克，通常时兴比较大的厨房（大约十几甚至几十平方米），外加食品储藏室。这样，做饭、吃饭都在一处，虽然稍显拥挤一些，但是收拾打扫起来非常简单。捷克人的厨房一般都划分区域，不同的区域虽然面积都很小，但其功能分割得非常明显。餐厅功能区和厨房功能区在使用上一般是不混淆的。

劳斯嘉太太的厨房就显然不同。单是厨房面积相比之下就小了很多。除了炉灶、冰箱和一套小小的组合操作台，余下的面积就只够放一张四十厘米宽六十厘米长的小桌子了。由于桌子太小，桌子两侧又都是过道，所以桌子的下面只能放一个小方凳，另外一个放在"操作台"下面。所谓操作台，不过是一张四十公分宽八十公分长的小柜子，上面放着好几样小饰物、钟表、临时放面包的塑料扣盒，看上去更像一个礼品架。于是，操作台的工作只好让那张小小的饭桌来兼任了。由于他们基本上不爆炒食物，所以好像并不需要抽油烟机。铺着地板革的地面擦洗得很干净，女主人常常赤着脚在上面走来走去。有趣的是开饭的时候，因为桌子小，只能分批次就餐。如同国内早年间农村家庭里来了客人，女人们不上桌子和大家一起用餐，而是在一旁殷勤地侍候着，等男人们吃完了，自己最后才吃剩饭。所以，作为男人，我因暂时"回归传统"而感到了那时男人的尊严和地位，明显地感觉到当今社会家庭关系中男女间的变化。作为客人，我打心里为社会对女人的不公正对待感到不平。

饭毕，像捷克人一样，女主人照例要把厨房整理干净，那时我们将看不到任何剩饭、餐具、垃圾，整个厨房就像一个厨房组合家具展厅，只是那上面多一些饰物。

自然，欧洲的主妇们不像中国的主妇们，每天要拿出很多时间来做饭。她们的早饭，基本上是从冰箱里掏出来的成品、半成品，拿来切一切、抹一抹，最多进一回微波炉。算起来做一顿早餐也就三五分钟工夫，午饭复杂些也不过二三十分钟。若是中国的女人们从买几样儿菜、择、洗、切、炒，至少也得一个小时。同时，中国菜用的作料种类多，烹调复杂，厨房劳动时间长、强度大，自然厨房利落的就少。由此说来，中国的主妇又比西方的妇女多了一重压迫——传统饮食习惯的压迫。

席慕容曾经指出抹布和厕所卫生是检验家庭女主人卫生标准的主要尺度。是否可以由此推论，厨房的设计和布置就是不同民族生活习惯的主要标志呢？

普通乌克兰人的食物构成同样比较简单，香肠、火腿、烤鸡等食品的消耗量很大。维生素主要靠水果来补充，虽然他们的菜谱里常有酸菜、胡萝卜、甘蓝等蔬菜，但据我看来，他们的粗纤维摄入肯定是不够的。鱼类、五谷也很少，而脂肪摄入量似乎是偏高的。所以很多人看上去很胖，但并不觉得他们很健康。

有一则笑话说中国人怕饿，外国人怕死。所以中国人一见面就问吃了吗？外国人一见面就问早安、晚安。

抛开经济、自然灾害导致中国人常年饥荒不断的因素，但就生活习惯的侧重面来说，中国人比西方人更注重日常生活中的饮食调节，甚至悟出了食疗、药膳这样的养生学问。说来，在时间急迫的信息社会，在嘴上浪费这么多的时间的确有些可惜。可是"民以食为天"的古训已经流传了几千年，中国人爱吃会吃不仅出了名，还给不少海内海外的华人吃出一行中餐事业来。那么眼下只能继续吃下去，浪费时间的问题慢慢再想办法。尤其在目前中国农产品供过于求的情况下，吃作为一种刚性的消费，恐怕还是只能提升，不能下降。

倒是有一个全世界工薪族共同面临的难题，就是本来应该"留给敌人"的晚餐偏偏成了全世界的工薪族都不舍得放弃的。这恐怕不全是晚餐比早餐、午餐丰盛让人不能释怀，一定是家的感觉、天伦之乐的感觉更使人不能割舍。试想如果一家三口回了家，五分钟吃完简单的外卖盒饭，那么，光靠一些无聊的肥皂电视剧和根本摸不着边的聊天室打发漫漫的夜晚，真不知能否挺得住煎熬。倒是慢慢做点儿饭，边吃边聊，洗刷唠叨来得舒适自然些。通过做饭、吃饭、收拾这一过程中交叉与配合的劳动，一股浓浓的"窝"的感觉就从心底悄悄溢出来，一旁的电视只不过是这个温馨画面的一个陪衬而已。由此说来，吃饭本身已经不重要，重要的是过程、是形式、是一家人的感觉。话到这个份上，晚餐还是留给自己吧，给了敌人那可是双重的不合算！

一直很羡慕欧洲人整洁的厨房。一体化的水池、操作台、灶台，整齐一致的吊柜，配套合理的材料、用具位置的设计。所有这一切，体现了人们对于生活的精心呵护和珍视，也体现了商品经济中那种把个人的欲望与他人的、与社会的需求结合在一起的能动力量。我时常暗自计划，应该在自己的家里，建一个欧式厨房。如果可能，告诉更多的人在家里弄一个欧式的厨房。

基辅

从利沃夫到基辅坐火车大约五百公里，开汽车会更远些并且路不好走。于是与朋友商量好坐火车去。刚好在火车上睡一夜，第二天醒来不耽误工作。

我们早上六点左右到达基辅中心火车站，天虽然不很冷，但毕竟到了十一月底，够凉的。时间还早，我们凭借软卧车票，在车站"豪华"候车室的酒吧喝完奶咖啡加热朗姆酒，顿时身上暖和了许多。趁着朋友夫妻打盹儿的工夫，我悄悄在基辅火车站转了一圈：

基辅火车站是近几年刚翻修的，很新，也很气派。进门后面对的是链式升降电梯，两侧是电子布告牌和步行楼梯。宽敞的门厅足有十几米高。面向广场的一面是由巨大的门窗构成的。大门高约三米，实木的，给人一种庄重、质朴的感觉。大门两侧窗口的上方是用水晶玻璃砖砌成的足有十米高的透光墙壁，水晶砖块之间是用金色金属架镶成的。水晶墙再往上各有四幅彩色壁画，是乌克兰最著名的八大建筑。东正教的风格、乌克兰的笔法、墨绿与淡紫色调为主，在射灯的照耀下，赫然洋溢着浓厚的民族色彩。电子布告牌下和大厅两侧是票务或问询等服务窗口。在大厅中央那盏巨型水晶吊灯的辉映下，整面墙壁闪烁着柔和而优雅的光芒，显得沉稳而高贵。穹顶是彩绘的，色彩朦胧而神秘，有浓重的空灵、飘逸味道，与水晶吊灯、水晶墙和壁画相得益彰、浑然一体，构成一副乌克兰式的理想国模样。显示出设计者的大气和不俗。

当人们办完旅行的杂事，有心情稍事休息一下、欣赏这座建筑时就会发现：距地面三米的空间，是熙熙攘攘的人流，像天底下不知所以然的芸芸众生，埋头忙着各式各样的人间俗务。而三米之上则是完全艺术的、精神的世界，理想的世界甚至是上帝的世界。你可以在那绿色的原野里放牧自己的灵魂，让它沐浴着温暖的阳光与和煦的微风，徜徉在古老、高贵而美丽的时空里，暂时脱离尘世间的紧张与喧嚣，得到一刻内心的安宁。

与利沃夫车站相似，大厅两端是普通和贵宾候车室，以及餐厅、小卖部之类的场所。这让我想起北京东站，也是大致相似的建筑格局。想来那时"十大建筑"的构思，绝不可能仿效"帝国主义"和"资本主义"的东西，其总体思路恐怕主要还是来自"老大哥"的建筑思想和风格。虽然外部没有典型的东正教式的葱头形金色穹顶，但是基本建筑格调和内部结构是极其相似的。那时中国领导人对于先进的理解和眼界被在朝鲜战场上不得不低头而恼羞成怒的以美国为首的西方世界所隔离，只留给中国一个苏联作为榜样。如果没有早些时候金日成不顾中方劝告发动的朝鲜战争，如果国际社会早些给予新中国宽松的国际环境，中国领导人就能有更广阔的眼界，汲取有效地建设国家和管理国家的经验，或许后来"反右""文革"的连串悲剧就不会发生，中国也不会是现在这样后起直追的窘迫样子。

上了电梯，是一个很宽的、至少一百米长的横跨整个站台的天桥，天桥两侧是旅客通道，中间是大小不一、各种各样的商店。布局显得有些杂乱，给人一种自由集市的感觉。从装修风格、色彩搭配到灯光布置看。显然是各自为政没有统一规划的，要知道这可是首都的中心火车站。

基辅火车站与北京东站一样，与地铁站相邻但不相接，必须在出站后走一小会儿露天的路才能换乘地铁。不像捷克布拉格的中心火车站和北京西站一样，火车站候车室与地铁站台直接相通，换乘非常方便。

基辅的地铁建造得很早，电梯大都有四部，可以根据人流调节电梯方向。与北京的两部电梯或者根本没有电梯的情形相比较形成了巨大的反差。与北京相同的是电梯底下有专人守候着，根据人流情况决定开几部电梯。站在足有 50 米深的链式电梯上，听着巨大的隆隆声，顺着宽宽的通道往下沉，让人感到一种说不出的沉重。

基辅地铁的站台很深、很长也很宽阔。人少的时候显得有些空旷、肃穆，不像北京的地铁，浅并且总是人群不断、熙熙攘攘。接近地面的部分，基辅的地铁与北京的地铁很相似：入口、门厅和过街地道显得狭窄些，检票口有专人把守。普通乘客要先买乘车牌，将牌子投入检票机，它才放一个人进入，进入后不限时间。不像捷克地铁，一张普通交通票可以在一个小时内乘坐各种公共交通工具，并且只有不定时抽查车票的，没有检票的，进入地铁、上下电汽车靠自觉打票。同时相对于逃票的处理非常严厉——除课以二十五倍罚款之外，多次逃票者依刑法按盗窃罪处理。

多次听说过在奥地利和捷克有华人因为没人检票而多次逃票，最后受到刑事处罚的事（一般为若干天有期徒刑，缓期一年执行，并不真的进监狱，一年之内不犯就算了事），当时签完字就放人，没觉得什么，而第二年因为有了前一年的刑事犯罪污点，就得不到法院的"未受刑事制裁证明"，因而不能继续获得延期居住许可，最后作为曾有违法犯罪前科的不受欢迎者被驱逐出境。这让习惯于浪子回头金不换、犯了错误会"给出路"改正的中国人很不理解也很不适应。惨痛的教训让中国人更深地理解了在法治社会自觉遵守法规的责任和义务的意义。

在基辅地铁的入口处和过街地下通道里呈现的是八十年代初在北京、九十年代初在莫斯科、布达佩斯、布拉格常见到的景况：许多无照摊贩随意摆着地摊，卖花的、卖服装袜子的、卖烟的、卖书报的、卖瓜子花生小食品的……乱七八糟的一片。城管、警察一来，摊贩们卷起地摊就跑，立刻作鸟兽散；城管、警察一走，便又陆陆续续回来再把摊摆上。好像中国早年的抗日游击队，"敌退我进""敌进我退"般与执法者斗智斗勇地捉迷藏。

从静静的、阴暗的地铁里刚出来的时候，光强度的突然变化本就让人有些无所适从的惶惑，加上地下过街通道里拥挤混乱的地摊群带来的巨大视觉和听觉的差异，更让人感到声音混杂、眼花缭乱得难以适应。在比较偏僻的楼梯拐角处，一位看上去很有修养的老者，很投入地吹着单簧管，他吹奏的是芭蕾舞剧《天鹅湖》中单簧管部分的音乐，显然老人对正在吹奏的那首略带忧郁的前苏联著名抒情曲目理解得很深刻，水平很高。听来令人感到优美、舒服，忍不住地牵肠挂肚。老乐手面前的乐器盒子里，有几枚零星的硬币。

我的事情办得出乎意料地顺利。到晚上最后一次约会之前，还有三个小时，于是按照朋友的建议，趁着天还很亮，便一行三人乘旅游大巴士环游基辅。

车沿着基辅的主要街道行进,一路经过多个景点,但是只停了三次车。好在导游那稍带沙哑的中音介绍一路没停,语言也足够诙谐有趣,不会让大家寂寞。不一会儿,导游就和前排的两个姑娘有了眉眼之间的默契,于是絮絮叨叨地更加卖力解说起来。

正如中午时商务参赞所说的,尽管乌克兰刚刚从负增长中恢复过来,但是它的潜力是很大的。很多基础设施和原料都是将来大步前进不可或缺的基础。基辅近年来的快速发展就是乌克兰复苏的标志。

穿过基辅的第聂伯河很宽阔。因为初冬,显得有些落寂和沉闷。几座大桥气势恢宏地横跨在河上,远望近看都堪称蔚为壮观,与布拉格玲珑秀美的古桥相比,给人以开阔、疏朗的感觉。

在城市中心,很多地方立着高高的塔吊,马路两侧也常见到挖开施工的坑穴。很多地段因为施工的影响而交通不畅,路面肮脏混乱。已经建好的不多的几幢高层建筑,突兀地立在一片灰暗的古老街巷之间,如同上身穿了西装,而下身着了一条短脚裤一样不和谐,让人觉得有些扎眼。那情况很像八十年代中期的北京。

忽然想到梁思成,如果按照他的建议,不毁坏北京的外城改修成二环路,保留一个完整的北京老城,在城外建造新北京,成为一新一老两个北京城,会是什么样子呢?相比之下,集中了几百年建筑成就的布拉格,因为两次世界大战都没有对城市的建筑造成大的毁坏,特别是后来对于古建筑的严格管理和保护,现在竟然成了著名的"世界建筑博物馆",每年招得游人无数。2000年捷克的旅游收入竟然和整个中国媲美。

望着这些怪怪的庞然大物，我真心为乌克兰的经济复苏高兴，但无论如何发不出由衷的赞叹。看来国家的经济状况并不能最终决定人们的环境意识，还是离不开执政者个人的境界和修养。

我是第一次到基辅来，却看着几个景点"面熟"。尤其是典型的东正教特有的荸荠形的闪着富贵而威严的金色光芒的房顶，最是过目难忘。仔细一想，是在车站的壁画上见到过了。

在圣索非亚大教堂和安德烈·拜尔沃兹万尼大教堂之间的广场上，有两座看上去很普通的三层建筑，郝思嘉说右边的一座是警察局和监狱。正奇怪为什么在城市中心的著名广场上设监狱，郝思嘉告诉我，监狱在第五层地下室里！那里自古就是关押重犯的地方，直到现在！地下五层，该是真正的地狱了。虽然比起中国概念中的十八层地狱还差很多，但是，这毕竟是真正的暗无天日的地下监狱了。越狱是不可能了，可放风怎么办呢？

郝思嘉又指着左边一幢说："这边是好几家富人商店，卖的全部都是名牌服装。"他见到过一件缀有钻石的长裙，当时一看价格就吓了一跳：标价一万三千美元！要知道，我们利沃夫乡下的一个售货员每个月才拿25美元哦！

来乌克兰之前，曾经听说这里与俄罗斯一样，在社会转型过程中许多过去的官员变成富翁，使得贫富悬殊，两极分化严重，看来绝非讹传。自然我不想去验证有没有一万三千美元的裙子。我只是禁不住想：传说到最后的审判时才有天堂地狱的选择和驱遣，没想到，在这样两幢相貌没有多大区别的相邻建筑之间，便是天堂与地狱了。是天神故意这样安排给人类看的，还是人类自己无意中阴差阳错把它们放到了一起呢？

沃娜海涅修女院是旅程的最后一个景点。停车的时候，天已经完全黑了。郝思嘉太太介绍说，这里收留了二百五十多位老年妇女。修女院里极其清寥，身着黑衣的修女们像影子一样滑来滑去，走路说话都几乎听不见声响。她们低头含胸、目不斜视、步履匆匆。让人觉得弄不清她们究竟是对于尘世的诱惑不屑还是对自己未泯的市尘之心的恐惧，因此看不出那种看破红尘、青云独步的洒脱、坦然与轻松。高高的常青树差不多遮蔽了教堂院落里本来黑透了的天空，只有小教堂深色的大门在黑暗中透出暖色调的光束来。

小教堂是开放式的。里面不高，空间也不大。与捷克的乡村小教堂不同的是，它四周的墙面上几乎从顶棚一直到地板全都挂满了信众赠予的各种圣人画像，其中最多的是圣母马利亚和她的儿子耶稣的画。或许是香火极其旺盛的缘故，（奇怪，在天主教和基督教的教堂里，更多的是看到蜡烛，而在这里却看到与佛教相同的供香。），高处的画经过多年的烟雾熏染，已经有些模糊不清了。不断的人流出出进进，卖供香、页供的年轻修女忙得额上已经沁出了细密的汗珠。

在捷克，我曾经多次陪别人进教堂。那里门口有募捐箱，在做弥撒的过程中还有拿着绑有木杆的网兜（真的网兜，中国的老头儿们捞鱼虫的那种）远远伸过来收"人事"的。就那么明明白白地要钱，从来没见过上香的。在我看来，虽然收钱实在有用，燃香浪费而虚伪，但总是比直愣愣地向人要钱显得温和与自愿。

基辅给人的整体印象是辽阔、大气。古老宏伟的建筑疏散地坐落在树木、草地环绕的山顶和街巷。它们犹如一个个历史老人，正注释着乌克兰的重新崛起。

站在城市的高处，看着基辅那不凡的广场、教堂、公路、桥梁和湍湍的河流，不禁感叹：有这样胸襟和气魄的民族，必定不会是一个自甘沉落的民族。一旦它找到了自己发展的方向和道路，凭着它辽阔的国土、丰富的资源、勤劳的人民，它的起飞是谁也阻挡不住的。

乌克兰，加油吧！

鱼"塘"与鱼"库"

八年前，几个不明就里的青年把我花园外边挨近水渠的低洼处挖深，弄成了一个小鱼塘。问了一下，才知道他们把那块地当成是国家的空闲地了。见他们弄得乱乱的样子，我索性叫来挖掘机，好好地修成一个小鱼塘，并在上面加上了一个小小的木栈桥。

次年，塘里种的睡莲生长得极好，三色花朵都开得十分娇艳。之后陆陆续续有朋友来钓鱼、在塘边烧烤。

今年因上游水库垮塌发生大汛，我们这个二百年没有过洪水之患的村镇，因为上游水库崩塌而遍野漫水。稍低处的邻居家有几户进水的，我家屋内屋外只差一掌就会进水。水退后去查看鱼塘，却见洪水中呛死的大小死鱼漂满水面，最大的足有一米长。下午收拾完这些上游冲下来的死鱼，坐在塘边喝啤酒的时候，忽见一群鸟雀飞过。那映衬着蓝天白云叽叽喳喳自由快乐飞翔的情形，十分令人神往。闭目养神的当儿，不由得蓦然想起三十年前的往事。

十九岁那年我入伍服兵役，所在的连队不到一百人。那年在唐山南三十五公里处的柏各庄农场四分厂八百亩的农场十分辛苦地种了一年水稻。年终吃过杀猪饭以后，按照惯例，连队要留下一个有"育种经验"的班作为留守，负责"指导"新接替农场任务的下一个连队完成育种工作。直到下一年插秧结束后才"归还建制"。其实所谓"指导"就是从"放水洗地压碱"到"平地坐床""施肥找平""催芽播种""幼苗田间管理"——直到秧苗育好开始插秧。既要给新来的部队做示范，还要是一支有经验的生力军。时间恰是乍暖还寒的三、四、五月的最美春季。

入伍一年当了班长的我，被领导安排单独带一班人马（虽是正规军却没有马）继续接受锻炼和考验。我的部下除了两个比自己入伍晚的1976年的"新兵蛋子"之外都是老资格，最老的早我五年就入伍了。一方面老兵不太好管，心里有点怵，少不得迁就他们些，另一方面为了与兄弟们打成一片，常不顾前途地默认甚至怂恿部下违反纪律——去附近地方农场的鱼库（水库的别称，不过，那鱼多得——真的就像是码在仓库里，可以随便取一样容易）去"取"鱼和野鸭蛋，以排解弟兄们的寂寞。那时，除了隐隐地怕犯军纪，真的没有保护生态的概念。

初夏天气转暖，稻种一下地，手上的工作就轻松了，人一闲下来便有了娱乐的"闲情逸致"。傍晚，以野鸭为主的飞禽们一天吃饱喝足后，为了消耗剩余的求偶能量就"消化食"似的在晚霞中成群飞起来取乐，当它们飞起来的时候，常会黑压压地把半边天挡得灰暗一片，真称得上是遮天蔽日。

这时候，水是温的。赤脚蹚在鱼库的浅水里，腿脚会不停地被大大小小的鱼撞到，滑滑痒痒的，刺激而舒服。初次到这里下水的女兵们常会被它们吓得高声尖叫个不停。

芦笋刚出芽，有点扎脚，比撞腿小鱼的力道大一点，却不会疼。

南边八公里外的海风软软地吹过来，清新并略带一些咸味。只是吹在从盐碱水里蹚出来的腿上，就会像"钧瓷"一样裂开一道道小小的血口子，感觉像被"杨辣子"蜇过一样，成片、成片扎扎歪歪地疼。

暮春时节，万物葱茏、生发"舒展"。这个季节下水"作业"——在芦苇丛中捡拾野鸭蛋，会踩坏一些芦笋，踩多了会影响到芦苇的收成。对野鸭来说，尽管相对来说规模不大也无疑是强盗抢掠般的灾难。

军事骨干老郑，身材高挑而矫健，是长期有线通信兵"收放线"军事训练造就的长跑佼佼者。老郑不但"拾"野鸭蛋的经验最丰富，知道野鸭子喜欢在哪里下蛋，而且行动像受过正规训练的"特殊任务工作者"般动作迅速隐秘，躲避、逃逸样样在行。为此，大家给他起个外号"特务"。

"特务"每次下水都把背心用力扎在军用的绿色裤大衩子里当作装鸭蛋的器具，每每"捡"鸭蛋回来，都把自己弄成上身疙里疙瘩的"气蛤蟆"样子，带回上百枚野鸭蛋。

那天"特务"因为粗心不巧被看鱼库的警卫发现了，两个警卫一边高喊："出来！看见你了！"一边往鱼库里乱"砍"土坷垃。老郑艺高胆大地悄悄躲在土坷垃"射程"以外的芦苇丛中，根据岸上的喊声和土坷垃的"弹着点"，边判断警卫的位置边调整着自己的"战位"。躲在枯萎的芦苇丛深处根据变化着的情况等待着适宜的机会。

尽管这时水不是很冷，但待久了也凉得难受，于是双方免不了进行一场心理与毅力的较量。"特务"听着岸上的脚步声渐渐远去听不见了，悄悄摸出"鱼库"，为了迷惑对方，撒丫子就往驻地的反方向跑。

岂料远去的脚步声是其中一个警卫制造的假象，走出不远便埋伏在"特务"回驻地必经之路上的"关隘"处。而另一个则藏在"特务"藏身处附近。见"特务"出来往反方向跑，近处埋伏的警卫见前后夹击的计划落空，只好追过来抓。可老郑身上光溜溜的只有一件跨栏背心，警卫扯断了"特务"背心的一个肩带，几十枚野鸭蛋便落下来摔得稀碎。警卫脚下一滑，滚跌在地上那摊蛋液中。

"特务"借机"疾走"，那抓他未果的警卫带着一身蛋黄、蛋清爬起来想追的时候，已经被落下很远。只见那瘦高的"特务"身轻如燕、步伐矫捷，如惊弓之鸟一样，不一会儿就钻进小树林不见了。

绕道回来快到"家"的"特务"，回头看看甩掉了"追兵"不由得心中得意，快到家的时候，正对在门口迎接他的战友们歪着嘴傻笑。哪想脚下刺溜一滑，结结实实跌了个"大马趴"。后果可想而知——剩下的所有鸭蛋连摔带挤几乎全部碎裂，顺着裤裆从两条大腿上流下来颜色可疑的黏稠物……四川佬七班副瞅见，笑得直跺脚道："你郭老子卵子都摔烂啰，活着还有啥子用吗？"看着笑炸了锅的众人，"特务"也忍不住一边尴尬地咧开一嘴白牙傻憨憨地笑，一边从腿上撸下混色的液体向大家甩。七班副又打趣道："这仡佬子'赛精'（射精）喏！"说着一边躲着"特务"的追打，一边补充道："能一家伙'赛'（射精）这老多，你老婆子高兴喏！……"众人更是笑得喘不过气，一个新兵蛋子还笑得倒在地铺上打滚尿了裤子。荒草无际的稻田边上，"看水"窝棚中没有电、没有任何娱乐手段，但几个相濡以沫的兄弟并不缺少快乐。

四月正是这里的大风季节，也是育芽和播种后的关键育苗期，播种前，在凌晨常常出现冰冻的地头"看水"，夜里为不同地块轮流进水、堵水、放水，冲刷盐碱，为日后栽种水稻做准备，是一项很"技术"也很辛苦的活。几个人必须在冰凉的地头搭个挡不住大风的窝棚住在田边，昼夜观察种子田的水情、检查塑料小拱棚是否被夜风吹开。三班倒换够劳累的，但也因为有了相对独立工作的机会，可以在工作之余偷偷搞些小娱乐：私下里用各种简单的手法捉鱼、捉淡水蟹、"捡"野鸭蛋来煮食并学习吃"毛蛋"（未孵出小鸭子的蛋）……

闲下来的日子便可以躺在渠堤边温暖的朝阳背风处欣赏各色的野鸟和野兔觅食、寻偶、交配。正值青春期的我面对春天发芽的种子、芦苇、动物的求偶……常会突然间生出一些对生命和繁殖的强烈好奇感，身体也常会出现莫名的冲动……

那年年末我因为打球受伤住院后，几乎所有的我的部下都在周末请假步行十几公里来看望过我。"特务"告诉我说："大家都很想你，有个新兵蛋子晚上做梦还哭着喊过班长。"看着爱开玩笑的"特务"的红眼圈，我赶紧克制住自己冲动的情绪……

三十年后的今天，自觉对生命有了很多阅历和感悟的我，面对大自然和遨游其中自由自在的生命时，还是免不了内心的激动。每到这时，年龄、身份、名利都不再重要，心里感念的只有那一刻与天地融合的舒畅。

起风了，回首看看身边的小鱼塘，被风吹皱的水面上泛起了粼粼的波光。在那些稍稍有些刺眼的波光里，早年间唐山城南海边的那个藏有无尽"宝藏"的大鱼库、那个充满了温暖和欢乐的小茅草棚，还有快乐而诙谐的"特务"、七班副……战友们那年轻的面庞便不断浮现在眼前……

爱琴海边的遗迹

从雅典机场来到酒店的时候时间还早。本来可以直接进酒店去找前一天已经入住的朋友，为了不影响他们爱琴海边的第一夜"春梦"，更为了尽早会一会心仪已久的爱琴海，我带着不大的行李，独自一个人走向旅店前不远的海滩。

来到爱琴海边的时候，太阳才升起不久。橘红色的太阳边缘还留着些朦胧。柔和的阳光以暖暖的温度把含着淡淡海水味的初夏晨风从海上牵引过来，带给独自站在海边的我，让我身上感觉到微微的凉意，十分舒服。

天空中高高地挂着几丝淡紫色的彩云，与近处慢慢行走的零星白色船帆和远处海岛上的红顶建筑、绿色树林遥相呼应。这令人忍不住放慢呼吸的画面，少不得会让心旷神怡、心神皆醉的看客怀疑它们的真实性。

近处无色的海水清澈见底，离岸不远处，水下是彩色石子在波光粼粼的浪花中带着魔力般慢动作似的、"浮游""飘动"。稍远处，海水变成浅蓝色，离岸边越远，颜色变得越深，蓝绿相融，一直到成为浑蒙蒙一片混沌的暗绿与远处的蓝天融为一体。

温柔的海风轻轻地吹拂着海岸，一排排柔和的海浪像爱人之间用温柔的肢体语言倾诉一样，轻轻地抚摸着浅黄色的沙滩，一声又一声、一遍又一遍不停地轻声而欢快地吟唱着……

据说，因为爱琴海里密布着的上千个岛屿分解了海水潮汐的力量，使得蕴含在地中海里面的爱琴海少有大风大浪的时候。因此雅典岸外的海面也就相对于别处的海面平静很多。

在这里，海的远处没有海天一线的熟悉景象，远远近近、虚虚实实、隐隐约约之间，有数不清的海中岛屿。让人感觉爱琴海有点不像海，而像一个布满群岛的大湖。没有任何海腥味的海风好像也印证着爱琴海不像海的感觉，让人怀疑这该是一个类似阿尔卑斯山下湖泊的水域。

大概没人能准确统计出爱琴海有多少泊船的锚地。举目沿海望去，一眼望不到边的海岸竟是由一个个大大小小的游船锚地和供游人休息娱乐的沙滩组接而成的。这里数不清的泊船港湾跟陆地上居民区里的停车场有点像，里面总是有一些游艇停泊。锚地里，游艇的成色有新有旧，桅杆有高有低，组合成一组看上去杂芜、细看却是自然有序的画面。一艘艘形状不同的游艇各自逍遥自在地晃动着，像在舞池里跟着慢节奏两拍子曲调晃动着的情侣，在温暖的光晕中显现着安闲惬意的情调。

早知道希腊人喜欢航行，并且生就了一代又一代的船王。看到了数不清的游艇和锚地，才明白了：正是希腊的经济地理环境和广泛的"航海群众基础"，才有了后来航海业的发达。估计这跟中国人烹调水平普遍较高有异曲同工之妙。只是早先中国人努力的方向是"朝内"，而希腊人努力的方向是"朝外"。好像近来情形发生了变化，中国人比希腊人"外向"了起来。政府的、私人的，各种海外投资都有。而希腊人还不起国债还躺在特殊的福利上迎接全球经济危机，遭到了世界金融界的诟病。甚至有了中国出资购买希腊国债，准备向希腊国家投资的新闻。

晨曦中，略带潮湿的沙滩上有一排长椅，它们的影子被拉得长长的，似乎正伸长了脖子轻轻地吻着浪花悄声作响的海岸，一排排轻轻敷在沙滩上的浪花柔弱而轻盈，似乎正一下下涤去沙滩见证长椅上发生的幸福或辛酸的爱情时陪着恋人们留下的欢乐或苦涩的泪水。

微风吹来，从合抱粗的棕榈树那边飘来阵阵沁人心脾的花香，有点像茉莉花，又有点像槐花，总之是清清淡淡的那种。坐在长椅上展展倦躯，裹着花香的海风就把惬意灌入全身的每一个毛孔中，把人陶醉在海天之间的缱绻里……

我们勤奋、努力，我们竞争、奋斗，难道不就是让生命少受磨难多享快乐吗？在这没有奢侈品、没有名牌、没有时尚的爱琴海的早晨，生命不是同样能感受到沁入心脾的舒畅和快乐吗？

爱琴海岸给人的另一个深刻印象就是石头。许多海岸是石头的，海岸进出的路、路后面连接的山都是石头的，很多房屋和院落也是石头的。卫城山上，无论是古代遗迹还是通行的道路、台阶，无一不是石头的杰作。

站在卫城的山上放眼四望，蜿蜒起伏的丘陵上，不高大的建筑物密密麻麻地排列在一起，连成一片灰白色的景象围绕在卫城周围。完全不是欧洲大陆上惯见的绿地、树林与建筑群错落有致、明暗相间的景象。

　　早晨，卫城山门刚开我们就到了。站在游人稀疏的山门前，门外是随处懒散地趴着的流浪狗，门内便是两千多年前建造的令人叹为观止的帕提侬（又称为阿西娜）神庙。那由巨大石块垒叠起来的、令人仰视的废墟震撼着每一个到来的游人。

　　令人灵魂受到巨大冲击的不仅仅是那时工匠的机智和勤劳创造的伟大劳动，更有计算、设计、建造者思考和规划这些建筑物时，内心那种宏伟广阔的视野与精神诉求，那种胸中连接天、地、神、人之间关系的气魄与雄心。

　　初升的阳光斜射在擎天的石柱、石梁上，它们尽显沧桑的刻痕被凸显得更加真切、更加清晰。古人留给现代人的这些精美绝伦的作品尽管已是遗骸，还是会让你忍不住对古人严整、细致的工作态度和精神肃然起敬。石柱伟岸的身躯屹立在暖色调的光芒里，没有一丝悲凉与落寞，正像脱去了衣服的掷铁饼者，一身强健的筋骨、一派英武的神情。

　　导游告诉我们，神殿山门入口处的一个不显眼的平台，曾经是古希腊的辩经台，苏格拉底、柏拉图、亚里士多德师徒三代人都曾经在这里聚众讲解哲学（生命智慧）、聚众辩论。老实说，在我心中，这里才是最令我向往的地方。

　　一直以来，人们谈起古典哲学都会引经据典地从古希腊哲学的三巨子说起，并由此探索延伸出去，研究继承了他们精神衣钵分成的种种流派。而我却一直有个不愿意声张的心愿：不是站在先贤大哲身后甚至肩膀上听他们怎么说；而是让思绪回到他们生活的时代环境和思考以及表达的语境里，站在他们身边，看看他们为什么这样说。是什么给了他们的生命这样的启迪和撩拨，可以在两千年以后，让他们的思想和语言依然熠熠闪光，让他们的人格依然令人敬佩。在暖色调的朝阳中轻轻闭上双眼，在这肃穆的环境下屏住呼吸试着想象当年三巨子先后在这里讲经、辩论的情形，一种深深的向往之情油然而生——不涉俗务的纯理性思辨。

大家走出卫城、我和老大哥又返回来寻找走失游伴的时候，老大哥竟让我守住山门"要道"，自己不辞辛苦地"亲自二游卫城"。本想尽孝悌之道争着跑路的，可为了得到独享"讲道台"的宝贵时间，我顺水推舟地苟且留了下来。

此时，游人多了些。四周一片熙熙攘攘的人群，让我在此地、此刻倾听古时天籁之声的打算落了空。于是，我眯起眼睛，试图在讲经台对面残缺的山门石柱上找到些许旧时的细微痕迹。

只是在某一瞬间，不知是错觉还是巧合，淡黄略赭的石柱顶端，被阳光照亮的那些地方突然显出有些淡淡的红色光晕。当我急忙打开相机准备记录的时候，那淡红色的光晕已经不知去向。心中慨然：或许后世人描画先前圣人的时候都在他们的头部加上光晕，就是来自像我一样的瞬间感觉吧。

仔细回忆那一瞬间的意识，除了光晕之外，似乎根本听不见一点儿嘈杂的人声，淡淡的白云又薄又慢地飘过，空气非常非常清新。内心是全无烦恼的空洞和舒适空旷的畅快。

宙斯神殿、露天剧场、宪法广场、阿依娜岛的东正教堂和神殿遗址……

从外岛返回雅典的轮船上，中部的发动机舱顶的过道是噪声最大、也是唯一透气的地方。觉得与其在闷罐般的客舱里昏睡，不如冒着噪声在过道上吹吹海风。

快速航行的游船在船头撞起一重重浪花，星星点点的细碎水珠落在脸上，凉爽而舒服。回望船尾的浪花，突然有了一个奇异的发现：

由于船的速度快，船尾推进器的叶片会溅起高高的白色浪花和一团浓浓的水雾，水雾中生出一条清晰明亮并随船行走的彩虹。船尾逐渐平复的浪花在船的后面形成一条宽宽的划痕，划痕两侧都有明显的海浪，而划痕中间却平淡得出奇。就这样，划痕给船添加了一条长长的白色尾巴，在墨绿色的大海里显得特别突出。远远看去，一只只渡船像一个个硕大的老鼠，拖着白色的长尾巴在深绿色的海面上窜来窜去。尾巴后面的海面，因为快船留下的向前回旋的双向涡流形成一条水面下的暗流，如新辟出的一条弯弯的小路一样，隔开了原本整齐列队的海浪，似乎要把那一条弯曲有致的航线永远镌刻在海面上。更加令人不可思议的是，水雾快要淡化的那一段，水面会非常平缓，白色浪花与墨绿色的海水之间，会出现令人惊奇的碧绿色！颜色由近及远越来越浓，最后才与大海浑然合一。海面上这一条条展现着不可思议的纵深感和立体感的碧绿色"带子"，在傍晚的阳光下简直就像翠玉琢成的一条条通向神秘所在的翡翠之路！把我们带入对生命和自然的沉思，去揣摩命运与造化，去思索努力与机遇……

傍晚的爱琴海，是浪漫的天堂。长椅在夕阳下的剪影有了情侣就欢悦活泼起来。水汽蒙蒙的绿色海面、湛蓝的天、舒适的海风、彩色的云霞、暖暖的夕阳……爱琴海真的被爱浸泡了起来。

两千多年前古希腊的辉煌通过一个个遗址展现给我们的时候，我们听说了大英博物馆有一个世界著名的"希腊厅"。那里，英国人"帮助"希腊人保存了最精美的古希腊时期的文物，美国、法国、德国也有很多。与希腊相似，埃及、印度以及中国的情况也都差不多。当人们疑惑为什么原来的"四大文明古国"会"集体"在近代没落的时候，又有谁会怀疑如今的强国不会在千百年后，步"四大文明古国"的后尘走向衰落呢？或许"当局者迷"的现代人的生命长度不允许人们做那样的推断和设想，人们生命的阈值不可能让他们找到"文化轮替"的内在原因。

尽管东西方的先贤都同样描述了否定之否定——阴阳转换的必然性和规律性，但是现代人没有人愿意指出：任何事物的发展总会遵循"生、成、坏、空"的规律而成败轮回，没有什么事物，包括我们觉得无比神圣的事物不可改变。人们不愿意承认，现在的所有原则、成规、现象从历史的角度看，都是暂时的，过渡性的，都是一个短暂的过程，终究会像雅典随处可见的神殿遗迹一样成为历史。

毫无疑问，我们的现在的文明就是明天的遗迹。

现代的人们像年轻人相信永久的、海枯石烂永不变的爱情一样，毫不怀疑地举着"市场规律""商品经济"的条规，以为它们是永远不会改变的"规律"。但是当他们有一天走进生命深处的时候，当他们真正理解雅典遗迹意义的时候，他们会发现，人性本来的构造和需求、生命深处的追求和呼喊，从来不是固定、恒久不变的。历史的自然进程，正在并且必然将把商品的市场规律慢慢变成当今被希腊人称作神殿遗迹的那样的东西。

爱琴海的石子

长椅的影子

被清晨柔软的阳光

遗迹般拖向海边

没了夜的遮蔽的海滩

满是充满灵性的石头

——一些可以换钱的"商品"

就像远处

被着三个"点"的胴体

艳丽在缥缈的浪花下

光鲜在朦胧的欲望中

海风吹来

日头西沉

时间慢慢老去

丑陋和美丽都没了支点

沉淀过后的眼睛里

石子就是石子

无论作为时尚的链坠

还是在

变幻莫测的海水里

最终全都归为遗迹

X5

　　见欧洲某报称，欧洲开 X5 的有百分之六十七是亚洲人。无论他们的统计是否准确，是否有人为夸大的成分，事实上在欧洲的大街上坐在 X5 方向盘后面的驾驶员中好像矮个子、黑头发的人真不少。不是因为亚洲人个子矮有什么不好，而是因为人与车的反差加大，显得特别突出、扎眼。

　　老木从来没有把开什么车子看得很重要，读报后细想，反倒觉得有趣了：

　　首先，这里面有一个需要与作用的实际问题。

　　X5 本来是一种野外工作用车，讲求对外部环境、条件有较宽的适应能力，比如道路平整度、坡度、泥泞、沙地、冰雪……它以外部需要为主要诉求，而不太讲究车内乘坐和驾驶的舒适。

　　不知从什么时候起，"酷"这个概念时尚起来。原先都自称儒商，挂字画、赏古玩、满屋明清家具的大佬们，开始有了另外的玩法。或许是从《狼图腾》中获得了原始能量，他们从追求雅致，改而追求起"本色"来：登山的、探险的、打猎的、蹚沙海的……于是，X5 这个本来的"鲁莽汉子"，突然成了原来的儒雅人士、甚至窈窕淑女们一时狂热追求的对象：背后挂着粗犷的备用轮子、前面自备的钢索卷扬机，四轮驱动、高大威武……身材相对瘦小的亚洲人与庞大车体形成的强烈对比，更加衬托了 X5 的强大和力量。

尚既起，众人效之。无论教授、大亨，还是蔬菜贩子、餐馆老板，有钱的开新款高档 X5，钱少的开中低档 X5，没钱的也要弄个二手 X5 开开。

每到集会，无论是歌剧院、音乐厅、美术馆，还是高尔夫球场、滑雪场、钓鱼塘边，凡是亚洲人多的场合，都跟猎人聚会似的，一大片 X5。待到它们排成一片，就很像中国的西服：官员、外交工作者、科学家、艺术家穿西服；军人、警察、税务工商公务员、公司经理穿西服；推销员、保安、列车员、旅店的"门迎"也穿西服；甚至许多搬家公司的员工、修理自来水和煤气的工人、装卸工干活时也穿西服。

似乎与东方人不讲究服装的功用一样（起码西装作为工作服不够舒服，穿西装上下班最多可以减少一个换工衣的程序），很多开 X5 的东方人不懂，也不想讲究工作用车、休闲用车的区别。他们需要的是"我也可以"这样随大流、跟时尚的概念和感觉。这恐怕和东方人内心深处的特权攀比和绝对平均主义期盼有关。回顾历史，每一次朝代更迭，包括后来的民主主义革命、新民主主义革命，没有不是以绝对平均主义为目标号召随众、获得成功的。

不是说不同阶级的人开 X5 有问题，而是说不同阶级的人以为开了 X5 就成了同一个阶级有问题，是盲目地以追求时尚为荣。

其次，这里有亚洲人与欧洲人文化观念的差别问题。

东方人的赌性比西方人大。这有西方的许多赌场内设立中餐夜宵

（留住主要客户——夜晚来赌博的华人）为证。今天的东方人更加倾向在竞争、比较输赢中得到自己的价值确认。与先前竹林七贤、八大山人们崇尚采菊东篱下，追求内心自我平衡的情趣截然不同。同时，东方人对于礼仪的要求以及重视程度，决定了他们的虚伪成分比西方人大，这就形成了华人几乎忘我的表面攀比动力。像中国的有些官员前一个时期不顾民生需要，比着造市内广场谁的大、谁的高级一样，老百姓比谁家的房子大、高、装潢好，娶媳妇谁家更排场；小老板们比谁的车好、谁的VIP卡多、谁的小蜜漂亮；大老板们则比谁与政府、银行的关系铁，谁做了更大规模的造势宣传、谁拿到了可以赚大钱的项目或地皮……竞争，这个最具有时代特征的标志，在中国从幼儿园到老干部活动中心，从政治局的各位领导到砍草放牛的汉子，无时无处不在。很多人达到了不顾健康、不顾廉耻、不顾犯罪受罚的程度，搏杀般的残酷，远远胜过了西方。

东方人少有西方人几代人甘心居住在一个具有文物意义的老房子里的现象。在文化价值上，除了富二代、官二代，人们的家族自豪感淡漠；不习惯做出独立的价值判断，而倾向于在集体内寻找认同；没有"我是独特的，所以我自豪"这样的自我理念，而是更多地屈从、依附于群体的价值观念；不珍惜过去的包括文化、传统在内的既存事物，而容易跟着集体的时尚随波逐流地变更。

东方人多元神相互制约、变化轮转的观念和内在的皇性意识，导致他们更愿意"变法求新"，更喜欢接受"推倒重来"的"革命"观念。东方人容易参加各种极端社会运动的狂热已经多次证明了这一点，即便他们更换了社会环境也是一样。近年来欧洲的很多亚洲人先后放弃奔驰、宝马轿车，一窝蜂地更换 X5 就是新的例证。

倾向于竞争而不安于自足常乐，热衷于奢侈消费的攀比而不关心公益事业，恐怕还与我们历史上经常缺乏富足的物质供应和灾害频仍有关。为了生存，人们被迫不得不违背道义进行恶意竞争。以至于长期以来，权力中心几乎都必须努力用集权的共性力量来极力压制民族中的这些极端竞争倾向。

当我冒着挨开 X5 的亚洲人板砖的危险写下这些字时，心里又产生了另外一个隐忧：在世界经济危机的时刻，我国的所谓"大企业"千万别开着银行借给的"X5"，比赛谁在海外更多、更快地并购了外国"知名企业"。这样"一窝蜂""运动式"的攀比，说不准就会像七八十年代的日本一样，稀里糊涂地闹出一些国际性的"短期行为悲剧"来。

社长

　　承蒙各社团侨领的信任和厚爱，老木荣幸地被"聘任"为由《华商报》改版而来的《布拉格时报》社长。

　　了解老木的朋友大都对他的选择表示不解，认为自诩"看开"了的老木，完全多余蹚这一回不涉名利而充满风险的浑水。既然已经走进了自己苦苦追求多年的平静生活，身上的名头早已挂上"欧洲"字眼也未见张扬，为何又回过头来做报社社长，自投到名利纠纷的罗网中去呢？

　　当朋友们了解了老木的本意，又对他义无反顾的投入感到悲壮：即便你老木为了你自以为不可推卸的使命不怕牺牲自己的名誉，却不见得被人理解。说不定，还会被把每个人都看成"无利不起早"的人们误解和嘲笑。

　　对朋友的规劝，老木报以感谢而无奈的憨笑：或许这就是我的宿命。

　　说起老木舞文弄墨，还真有家传渊源。据老木的母亲说，老木的祖父当年就在天主教会里为教友写各类文书；老木的"抗日牌"父亲，解放后从党校理论教员一直做到那个小城的宣传部副部长；自小语文很差的老木曾让父亲十分失望，没想"文革"当黑崽子的两年间老木没脸出门，到老爹的工作单位"偷"出不少没人管的藏书解闷，慢慢地喜欢上了文字。当兵四年就从班长、排长、参谋改行当了"宣传干事"。

转业到了中国农业科学院后，仅有西安政治学院哲学教员培训班"相当于大专"学历、没有任何关系背景的老木，宿命般被分配到院科研部交流处，管理全院的四十几种科技刊物和出国人员的外语培训。工作少不得写这写那，除了职内的官样文章，还受命收集、编纂《全国人名辞典》中的中国农业科学院专家名录部分的条目。此外，参加科学研究项目要写制式的科技论文；自学法律要写答辩用的毕业论文；抽闲还要给报纸写点科普文章……偶尔还写过农业科普电视剧本……稀里糊涂地走上了祖上先人走过的文字道路。

1991年出国，做了几个月的"蒙事大厨"后，老木开始从头学着做生意，忙着赚钱、立足（实践证明老木不是做生意的料）。本以为就此远离笔墨了，不料1993年周彼得会长拉老木做他华商总会的"宣传部"部长，负责出版《商会通讯》，又开始"重操旧业"。《商会通讯》虽然只办了四期（发行三期，一期胎死腹中），也算为捷克华人办了第一份被称为"虽然商会充满匪气，报纸倒还过得去"的华文刊物。

1998年华联会成立，老木又奉命做了华联会主管宣传的副会长，受命草创《捷华通讯》。后来很快有了专职主编后，老木还在很长一段时间里参与编辑、为《华联报》撰稿。再后来，做不好生意的老木又"羞于告人"地"混"进了作家圈子。只是一说作家，家里人就说起冯巩小品中笑死人的"综合实力"那段话。

朋友开玩笑说："这次参办《布拉格时报》该是老木在捷克'三进宫'

了。按照再一、再二、不再三的俗话，怕是在如此复杂的人事旋涡中凶多吉少，弄不好搭上老木在近二十年中落下的清名。”

老木笑答：“我又何尝不知会多么麻烦？说我有功利心也不假，那就是我希望在我的参与下把《布拉格时报》办成捷克华人能永续发展的平面媒体。《华商报》的困难我们已经看见了，《华联报》虽然在会长长期的无私赞助下“自负盈亏”坚持了十几年，但其办报模式和结构的特殊关系也潜藏着未来的危机。最关键的是：目前捷克华人总的商业广告业务有限，算下来只能养活一个媒体。也就是说社会现实在经济上不允许两个媒体同时存在。难道我们忍心让市场来决定“谁生谁死”吗？最好的办法是把它们整合，让它们都带着尊严走到一起，在新的起点上共同成长。

朋友问：“若是你做不到两刊整合，搭时间、搭精力，搭这搭那反倒惹一身‘骚’岂不是自找苦吃得不偿失？”

老木答：“这不仅关系到两个媒体主管方的胸怀和智慧，也需要一个两边报社都认可的联系人。眼下，最恰当的就是老木我。这该是当今捷克华人社会交给我的‘历史性责任’。”即便有的老朋友短时间内不理解我的本意，甚至暂时心生怨恨，我也义不容辞。因为无论哪种形式，两报整合都是现实规律的要求，是任何人不能抗拒的。我也相信我的朋友们都是秉承正义、满怀公心的，他们最终一定会走出对我的误解。我这次“出头”，就是想通过我的努力，以老木我惯用的“和稀泥”办法，使双方体面和善地走到一起，以避免明争暗斗地两败俱伤。如果我老木未来不幸成了两报整合的障碍，我的退出反倒可以促成两报合一，那么，我会非常高兴、会满心欢喜地退出《时报》

报社。被人说"假崇高""捞名誉"也罢、说想"当官""出名"也罢，又有什么重要呢？老木压根就没想得什么，也就谈不上失，即便有一点，也失得起。老木早有既定的人生目标和计划，这回有幸做社长，只不过是顺路拐个小弯而已。相信一时不解的朋友们终会理解我的一片苦心，更相信，当今捷克的华人同胞、未来捷克的华侨历史会对我今天的选择做出客观的评价。

老木暗自告诫自己，既然担任了社长，就要认真负责地与同事们一起把报办好。同时，一定要以放松的心境，始终带着微笑、怀着善意或许还带着些许自豪走完在《时报》的这段路程。

如今有了点年纪，"执行力"大不如前。好在同事们年轻聪明、充满活力、认真勤勉、真心热爱媒体事业，愿意为捷克华人无私奉献自己的智慧和时间。团队的团结和积极向上的气氛，给了老木办好报纸的定力。加上众社团和祖国的支持、鼓励，老木对自己的使命充满信心。

老木这边与大家筹办着《时报》，不时想起早先在《华联报》上发表过的《团结就是力量》《众人拾柴火焰高》等文章……禁不住怀着殷切而期盼的神情向那一边顾盼，盘算着如何更好地让大家敞开胸怀、消除误会，亲善而无伤害地走到一起。他盼望着这一天早些到来，也好早早腾出手，回到自己的田园中去……

松花江畔

早晨，走在松花江畔宁静的小径上，橘黄色的阳光暖暖地刚从龙潭山顶那边抚摸过来，给眼前的景物描上了一圈金色的轮廓。清澈的松花江水默默地流淌在脚下，安静、缓慢，不发出一点点声响。

吉林市中心的这段河面约莫有 200 米宽，河对面的新式建筑和嫩绿的小树给人一种充满活力、健康向上的感染，告诉人们这里才整治、建设不久。

对岸穿着各色衣服晨练的人们显得矮小而模糊，在氤氲的光影和微微的恍惚中，绿色的山、青色的河、各色的人，安闲、自然地交会在一起，沐浴在略带雾气的暖色光晕中缥缈而神秘。让我想起欧洲教堂穹顶上诸神飞天的壁画，想起难以辨别的梦境。只有偶尔传来隔河"喊山"的那些洪亮的或不洪亮的，一声声发自肺腑的呼喊声，才能让人把眼前的景象与幻觉区别开，回到现实中来。

吉林这个对树木而言如此祥瑞的城市名字，真的名副其实。环眼望去，满处都是初夏的葱绿。百分之七十的绿化覆盖率，不仅在国内，即便是在国际上也是一个了不起的水平。

聪明的古人把蜿蜒绕行于城市之中的松花江的 S 形走向与太极图

中的分割线联系在一起，形容曲折的江水把城市分割成类似互生互动的阴阳鱼样子。再以左青龙、右白虎、南朱雀、北玄武的名称为这个城市四面的山峰命名。从而构成"太极之城"的河流走向和山峰形势，把形而上的太极构想拓置到人间的现实空间中来，让人不能不佩服先人高超的智慧和丰富的想象力。

很奇怪，在这个充满沉静气息的城市的河边几乎看不见与它相配的古老苍劲的树木。不知是在旧城的改造中丢失了它们的位置，还是旧城中根本就没有过它们的身影，心中不由生出些失落与遗憾来。这种失落和遗憾与相约了一同爬龙潭山朋友的没有出现叠映在一起。心中泛起薄薄晨雾似的一丝不适。好在它很快便在舒适的阳光中随湿润而略带凉意的江风飘散了……

大概江这边是城市的边沿地带，晨练的人很少，偶尔遇见几个，看上去多是怀揣着将军肚的"非体力工作者"。想来多是住在眼前这所因金正日住过而遐迩闻名的雾凇酒店的客人。

闲来无事，拍照间，看见小路边不远处有几个老人围在一起操弄着什么。怀着好奇心走近，才见他们的年纪该是过了退休门槛的，几个人围在一起收拾"粘网"。这种网是用细软的尼龙丝编织成的类似蜘蛛网功能的渔网，鱼儿在水中若是撞上它挣扎，这种网就会顺势缠绕在鱼儿的身上，越缠越多，让它难以脱身。有点像当年我钻进商圈做商人时的感觉。老人们兴致勃勃地议论着昨晚的收获，根本无暇顾及悄悄走近的我。本来怀着羡慕的心情想要上前搭讪的，想在如此美妙的氛围中分享他们的快乐，心下又不忍搞坏了老人们的兴致，只好一步三回头地掉头往前走。

行走间，听见"咚咚"的锤击声。顺着声音爬上江堤，眼前是一片临江的待建工地。先前的建筑杂物已经清理完，渣土也被机械设备推平。锤声响处，一位老者面对一个被挖开的土坑，挥锤砸着里面的一个什么东西。走近发现，老者砸的是一块水泥预制板，试图把它一点点砸碎，把里面的钢筋取出来。在我记忆中，这曾是常见的一种景象，在许多城市的拆迁现场，都可以看见这些挥锤、挥汗的汉子，他们为了把水泥构件中的钢筋取出来卖钱，以难以置信的超低劳动效率工作着，以砸水泥板得到的废铁换取微薄的收入来购买生活必需品。

怀着同情的心境走到近前，却见老者并无窘迫之相。专注之余，乐观、豁达之情溢于言表。打过招呼，征求同意之后，接过十六磅的铁锤试着砸了几下，老人夸我是行家。我告诉他，当年我当兵开山打石头的时候，使过十八磅的锤砸钢钎，算是略知一二。于是，我们很快热络起来，老人对我所问竹筒倒豆子般如实相告："是砸着玩的。这玩意儿不值啥钱，就当是个锻炼。我股骨头不好，吃了好些药都不管事，有天看见几个农民工砸这玩意儿，闲着没事砸了几下，晚上回去睡觉特舒服。第二天'早勤（晨）'觉得腰疼得轻了。这不，仨月了，越砸身上越轻省、越有劲，股骨头也不觉得疼了，比吃啥药都好，也就上瘾了。这不，还置了些家什。"

经老汉提醒我才发现，他的锤子蛮新的，锤把是一根高韧性的聚四氟塑料管，轻而耐用。在挖开约一尺深的土坑旁，有一个暗灰色的塑料袋，里面竟是一个八成新的探雷器！见我好奇，老者道："那是真的，真探雷器。就是为了玩。不过，多久能赚回家什钱啊！"

"那你一天砸多久啊？"

　　"就早勤（晨）一会儿，俩仨钟点吧。这片我都探过啦，从这疙瘩到那头都有，埋地底下浪费了怪可惜的，将来做地基、挑地槽还碍事。我每天来每天砸一块的话，够我干俩月的。"老人认真地说。

　　"要是别人挖去卖钱了怎么办？"

　　"咋办？"老人爽朗地笑了，"再找呗！反正是玩。实在找不到就砸石头玩！"

　　老人对疾病的乐观和特别的自我康复方式深深打动了我：相信生命的自然恢复能力，回到自然中寻找生命自然恢复的途径。这种来自道家"无为"学说的生命感悟，对于过度深陷"科学"、把现代医学视为迷信的我们是多么重要而警醒的启示啊！

　　龙潭山下的马路上，路边的草坪里有不少仿古的图腾木雕作品，经过日月的侵蚀，有些已经开始朽毁了。雨雪风霜在它们身上留下的痕迹告诉路人，这儿的人们很早就有了欣赏雕塑的文化需要。也让它们告诉观赏者，无论现代化的步伐多快、多大，文化的传承始终是连续的、继承的，民族、地域的文化烙印会随着血液世代流淌。即便你走到天涯海角，内心的那种情感、那种族群的认同感都不会丢失。

　　马路对面停下一辆摩托车，尽管跨在座位上的男人不满地嘟囔着什么，女人还是边撒着娇边走到人行道边上，在几株野蔷薇上采正开着的花朵。

　　"大姐，这花有什么用啊？"我走近后问。

　　或许是没注意悄悄走来的我，采花的女人受惊般地回过头来："啊！没怎么采。"见我没恶意，接着说，"泡水洗脸能美容养颜！"说罢竟羞涩地一笑，脸也有点红了。一旁的老公也爱惜加搞笑地呵呵笑了起来。眼前这对四十来岁的农民夫妻，让我心中泛起许多感慨：少了生活压力的人们才会在日常的生活中想到打扮、爱美，可见我们的百姓真的走出了饥寒与贫穷。尽管社会还有很多需要改进的地方，但社会、经济进步给百姓带来的快乐，在民众的日常生活中已经处处可见了。

告别中年夫妇没多远，就遇见了一组清扫街道的保洁工。保洁员们把马路上的沙子、杂物扫到路边，集中到一起堆成堆。他们使用的扫帚很特殊：木把上钉着一个竹制的框架，框架上系满了厚厚的由一束束尼龙绳绑成的像刷子一样的"扫帚苗"。经过同意后，我试着拿在手中：扫在地上软软的，密密实实很耐用的样子。

见一个四十岁上下的男子把沙子往下水道里面扫，我带着批评式的语气问："会不会堵了下水道哇！"男人眼神躲闪着回答说："没事，集中到这里一起掏走更容易。要不车一来又给轧散了。"这种明显的当面搪塞让人很不舒服，不禁想到人性中趋利避害和便宜行事的特性，想起近年来众说纷纭的道德失落话题。走出不远回头望去，男人正在把路上的杂物朝下水道的反方向扫。顿时觉得心里有种东西动了一下，若不是怕他尴尬，很想向他表示一下敬意。

走到去龙潭山的路口，看看手机上的时钟，权衡之后，决定早些回到酒店，把这些零碎却感人的细节记录下来。

不知道官员们介绍的城市发展规划和民族团结模范地区荣誉的获得，是不是因为应和了天人合一道家哲学，是不是因为这里政策的制定和执行者们真正遵循了"道"——规律性——这个神圣的定义。又或许是太极城自身的缘故吧，在这座城市里真的很容易让人感到人性的复归和生命的舒适。

太阳又升高了一些，微凉的风也变得更加温暖宜人了。走在"满绿"*的、太极之城的江边小路上，呼吸着比沿海大城市清新、舒适的空气，体验着舒缓而放松的吉林节奏，一股久违了的安逸而泰然的感觉缓慢地充满心底。

*切割翡翠毛料时，如果发现没有杂质者称为"满绿"。

清雾中的"放马营"

二哥家的楼前不远有一泓十几亩地的小湖，小城的人称呼它跟北京人对湖的称呼一样，叫作"海子"。

早上清雾。我随二哥到海子边散步，准备顺便带早点回去。

说起来很巧，这里与我们家六十年代到八十年代住过的地方都很近。那时海子的水面大很多，东北角有一大片芦苇，一年四季，里面总是有些鸟雀。

海子四周不像现在，都是石头砌成的堤岸，而是天然的土坡。那时海子边没有树，多是普普通通白灰罩面的坯房，少数青砖"地脚"高些的就算是好房了。六十年代我家住在海子的西岸，从院子的后门出来，便是天蓝水绿的所在。

那时，这海子的名字叫"放马营"，也有人叫白了，叫成"妈妈郦儿"的。据说这里曾是当年曹操军队演兵歇马（饮水吃草？）的地方。它的中央有一圈秃秃矮矮的土垣，内外都有水。一条季节性的小路，枯水时节便把西岸与土垣连接起来。每到夏天，土垣周围的浅水便成了小孩子们的乐园。大一些的男孩，会用手举着衣服、书包"踩水"泅渡到海子东岸去，以此向岸边的同学们尤其是女同学们显示自己的

"能耐"。

如今，旧城改造几乎拆毁了原来海子边上所有的建筑，建起了高楼小区。老住户大多都搬迁离开，新居民里很少有人知道它早先的名字了。

"放马营"被人们填土造了草地、花园等场地，沿岸除了石条筑成的边缘外，地面都铺满了水泥砖，成了一个典型的人工湖，比原先小多了。清雾中，它多了现代化的时尚气息，少了原有的古朴与自然。兄弟二人面对着"放马营"的新旧更替，免不了一番世事沧桑、熊掌与鱼的感慨。

一旁匆匆走过一个"立方形"的灰面男人，错过几步。二哥不屑地悄声说："这就是当年求我带他到姐夫家跑官的××，那时老乡攀得可亲啦！如今官升得了，假装不认识了。人哪！"

"灰立方"似乎感觉到了背后轻蔑目光的"芒刺"，很快"与时俱进"地消失在薄雾里。

老兄弟俩慢慢地沿着"放马营"走。从依稀记得的海子边上的童年趣事，到父亲、叔父老一辈人，晚年后一起临帖评字，饮酒弈棋……那些手足情深的画面。温暖的亲情悄悄地、缓缓地从兄弟间的眼神里流淌出来。

一路走着，不觉来到了后来母亲居住的、海子东岸一条街的院子门口。这里有一家远近闻名的"老豆腐"摊。

排着队，二哥讪笑道："这个老板原来只认饭盒不认人。只要拿咱妈的饭盒来，总是给得多，收钱少。那些年，过年节的时候咱妈总是给周围摆摊的几户人家都送些过年过节的东西。说人家背井离乡的不容易，节日该跟大伙儿一样过。乡下人实在，你敬他一尺，他敬你一丈。这不，现在熟了，换了饭盒还是一样。"

摊主那边听见，热情招呼过之后说："你家的人哪回都不找零头，其实给的钱不少……"嬉笑中二人做成了生意。

回家的路上，路边停着一辆售货三轮车，车上的玻璃被擦得锃光透亮，车内白色的保温棉被旧了，却是极干净的。显示主人追求生活的认真和精致。车顶部白铁皮小烟囱里徐徐冒着如雾一样的青烟。车的主人正戴着白帽子埋头干活。

"四——个烧饼！"听二哥京剧道白唱大诺般的声调，猜想又是一个熟人。

"两块四——"白帽子同样调侃地应答道。

待白帽子换成一张女人刻满沧桑却十分自信和充实的脸，先是稍微一惊，随后大方又有些腼腆地说："李院长啊，你看这……"

"忙啊？"二哥答道。

接过女人递过来装了烧饼的提袋："正——好，再——见。"二哥仍用京戏对白式的语调开着玩笑，顺手丢在棉被上几枚硬币。

妇人依旧坦然地微笑着："老是这么客气。"

走出几步，二哥对我说：这是我早先没学医之前的工友，两个人结婚六七年没有孩子。我刚毕业时，恰巧得了个偏方，便拿来给他们试了试，没半年就怀上了。这不，一转眼闺女大学都快毕业了。为这，我吃了他们家 20 多年月饼，年年不落。这几年，两口子下岗，吃低保，摆个小摊赚钱供孩子念书，不容易。可人家一家人挺乐和，日子过得蛮有劲。

　　进得小区大院，一间车库开成的蔬菜水果店，门框矮得让我们兄弟都抬不起头。挑完所需，付钱时见二哥稍一犹豫。出得门来，二哥淡淡地苦笑着自言自语："杀熟。"

　　见我一脸疑问，二哥补充说："明明标着和外面一样的价——多算。几毛钱事小，不值得跟他认真。同是下岗开个小买卖……人和人却不一样哦。"

　　兄弟俩一时都没了话。快到家的时候，我接过二哥手里的东西，给他腾出手掏钥匙开楼门。此刻，回望已经走入时尚的"放马营"——我那已不见了的童年，曾经熟悉的"本来"的"放马营"——雾还是那样稀疏。迷蒙中能见到些近处的影像，却怎么也看不远。

招待所

离开北京的前一天，本要去外甥家住的，谁让他为了帮俺赚点房租把俺的房子给租出去了呢。当年他念硕士时给我"看"了几年家，蜗居在俺那小窝里。如今外甥早已经是"鸟枪换炮"，有了"越层式"大屋了。

上次回国他接我去住了两天，说好这次还是来魏公村接我。没想刚与朋友分手，他就来电话说，今天急事出城，回不来了。

假若早来一会儿电话，一准可以"被人收留"，可这会儿天黑成这样只好朝最熟悉的"农科院"赶。

招待所的服务生一点"招待"的意思都没有。女服务员理所应当地比被服务者"牛"，看了身份证，带着怀疑与不屑的眼神开口问道："你本院的还要住店？要标准间？"通常家在农科院的职工家里来了亲戚朋友实在住不开了，只会让孩子或男人在招待所住个便宜的多人间。服务员问是不是要贵一些的标准间，意思是说：你是不是想"弄"点儿事？看来革命群众的眼睛一直是雪亮的。

开完票，正收拾东西要离开，一对小夫妇（真假？）进来也要登记，服务员说得干脆："没有标准间了！"

"有别的吗？"小夫妇问。

"商务套间三百六！"小夫妇对视不语。服务员看在眼里，用轻蔑的口吻说：要不就各住各的，四人间的空铺男女都有。

见小伙子眼赤唇干，一副发烧的样子，老木问："小伙子，听口音山东人？烧啊。"

小伙子腼腆地笑笑，扶扶眼镜说："不要紧。"

老木心一软："要不我这房间给你吧，我住四人间去。"

"不行不行，那多不好意思，我们再去别处找找。"服务员的眼神一下变得柔和起来……

存了行李，拿房卡打开门，立马又退了出来——烟雾弥漫中两个看不清面目的一老一少和翻乱了的四个床之外——还有地下的塑料袋、果皮、瓜子皮，桌子上的方便面桶、空烟盒、毛巾牙刷……外带长时间捂着脚的胶鞋味。

回服务台请求换房间的时候，服务员真的像服务员了，温婉而客气。想来女孩儿是因为某种感情挫折才对男人一个人住单间心有成见的。这次不但态度好，还特别温柔地关照说："贵重东西可以存在服务台。"

新的四人间的"同居者"分别是：一个河南个体种子商、一个内蒙推销员、一个山东来京读雅思的学生。

大家很快融洽起来，先是农业种子、肥料、技术；跟着是对不正之风的牢骚；然后就沿着男人们聊天的规律来到了性问题。老木很快用自家"独创"的"能量场理论"征服了另外三个人。

在老木看来，人类的繁殖形式也是按否定之否定的规律波浪式发展的。很可能从如今的专偶制度走向阶段性对偶制度的变化正是向早先母系社会时阶段性对偶制度的更高层次的回归。从这个意义上说，当今人们所恐惧的"道德沦丧、世风败坏"的婚外情、一夜情、混交、换妻……不但不是人类道德的退步和溃败，反而是"保障人类繁殖的婚姻家庭制度进步"的表现。令老木高兴的是，本以为一般人难以接受自己的这一"独创"理论，没想到没费过多口舌，就让四人对老木的这一"反革命谬论"难以置信地达成了共识。这正是老木一直要验证而在国外没有条件验证的，让老木美得不得了，根本没有来得及考虑是不是腐蚀了"雅思"。

第二天，老木照例是早晨五点钟起来，如厕后喝水，躺下悄声做呼吸操。没想刚躺下，那河南种子商老兄就人影幢幢地摸了过来——双手在桌子上窸窸窣窣地划拉，把塑料袋、杯子、纸弄得哗哗响，在黑暗中非常刺耳。"干吗？"老木嘘声问。

黑影一愣："充电。"

大概就在插上电源的同时，河南老兄的手机跟爆炸一样响起："刘大哥说话，理太偏，谁——说女子，不如儿男……"的河南豫剧来。——这年头，什么彩铃都有。

"镇（这么）早打电话啥事呀？"其故意压抑着的声音带着某种神秘的穿透力，立时把其他两个人也弄醒了。

"……"

"我住在农科院招待所来嘞。"

"……"

"手机没电啦，刚插上……"

"……"

"咦！看你说嘞，俺屋里四个人嘞！"

"……"

"中、中，今儿晌午俺就回去呗（掰）。"

被闹醒的"雅思"索性打开了房间的灯，竟然没有人生气。集体乐呵呵地荤荤素素开了一会儿惧内的"河南"被老婆"查铺"的玩笑，大家就早早散了。

在地铁里，当我用后背当盾牌，让腿与上身成最易发力推进的角度"反进"到地铁车厢里的时候，车门像两只锋利的刀片在鼻子前方极近的距离上"严肃"地关上。一种热嘟嘟混沌芜杂的气味扑面而来，怪异而熟悉，充满旧时回忆……

与老虎"零距离"考

报上一则新闻，某市动物园推出一项新服务，通过对老虎有效的训练，改变老虎的凶猛习性使其温存矜持，因而能让人们甚至儿童与老虎"零距离接触"（抚摸老虎）。

从"零距离接触"一词被随访米卢的漂亮女记者赋予浓厚的色情含义以后，最近一个时期，便成了颇受商人们青睐的广告创意。自然，人与老虎的零距离接触没有人之间的那么缠绵多情，但是就人与老虎接触这件事本身，对于长期被婚外情、畸形恋、试婚、换妻弄麻痹了的"受众"们就有一种耳目一新、"令人惊喜"的刺激。

把色情与惊险联系在一起制造赚钱的法子，算是摸到了好莱坞的门道，这样才有可能走上"与世界接轨"的"符合经济规律"的发展道路。

中国人的这种认识经济规律、尊重经济规律的精神进步，是付出了一百年的屈辱代价才换回来的。因为它历经磨难也就显得十分珍贵。所以如今发挥起来就有一种被压抑后反弹般的狂野。

可是老虎呢，那被强制、被恐吓、被愚弄的老虎呢？本来是雄心勃勃的山中之王，被电棍、饥饿的恐惧所压抑和扭曲，成了商人们需要的"温柔"的老虎，没了喜欢的活食，天天以死肉充饥并被迫收敛自己"英雄气概"的老虎则不得不忍痛深藏啖野噬生的快活,不得不收起自由自在奔跑跳跃的梦想,不得不放弃率性自主地追逐异性的欢娱,假作温驯地木然趴在特制的狭小展台上,任凭人们对它进行各种凌辱般的零距离接触。它没有权力选择时间和地点,没有权力选择男女和老幼,没有权力选择高兴还是不高兴,总之除了屈辱地生存之外它没有任何权利。也许时间久了,它也就忘记了自己的本性,忘记了自己本能的需要,忘记了自己呼啸山林、自由生活的乐趣,不再有苦恼,不再有悲伤,不再有内心愤愤的不平。时间久了它也许还能学会点头、微笑、鞠躬、作揖……弄不好还能请客送礼拉关系,说出些让人高兴的"I Love you"之类的洋话来。

自然,人们在人道的前提下,为了某种商业目的改变老虎习性的做法在法律上无可厚非。同时,人类驯化动物为己所用也是古往今来习以为常的事,是人类进化的标志之一。问题是人们的心态。

我们早就听说过俄罗斯的女驯狮员,常年表演狮子口中晃头颅的惊险绝技,最终因为狮子兽性发作,葬身于狮口。看来事物的现象终究不能替换它的本质。狮子的凶猛本性,不能靠恐吓和饥饿一次性永久删除,总有一天它会在某种条件下还以本来的面目。尽管有可能被再一次扭曲。所以,有谁能够保证,那似乎微笑的老虎不会有一天兽性大发,出口伤人呢?既然没有人能够保证彻底改变老虎的习性,那么这种改变老虎习性的行为是出于怎样的考虑呢?

我们都知道在中国延续了上千年现在又禁绝了六十年的女人裹脚的陋习。早年,尽管在所谓的"大户人家"里,女孩子们的脚无一例外地被极端痛苦地"培养"成三寸金莲。然而,在偏僻的山乡,总是有孙二娘这样的大脚女让自己的脚按照它的本性自由地生长。因此可以说，一切损人身心的桎梏都是为了种种人们面子上需要而生命本身不必要的原因而造成的，是为有条件而且愿意接受这种拘束的人们设置的。中国人推翻了旧的封建统治、旧的法统，一些旧的观念也被送进了历史，所以女人放脚自然就成了中国文明进步的共同认识。

还有女子束胸、束腰，男子蓄发……随着种种无端束缚人肢体和思想的旧制度、旧观念的破除，人类的思想一步步前进，人们生存的空间一重重拓宽。然而，可以依照个人的主观意念改造其他事物的潜意识，如同每一个中国人心中藏着的那个享有无上特权的皇帝一样，深深地烙在人们的心底。所以，如同先前统治者要求人们裹脚、束胸、蓄发一样，改造老虎脾性的思想便在商业需要的招牌下产生出来。两千多年前的老庄已经认识到遵循自然法则的道理，可惜，各种利益诱惑，始终不能让人们自觉地按照自然法则去做事。

更可悲的是，有时候人们已经意识到事情的因果，已经知道如何做正确，只是为了生存或利益而故意保留或容忍错误。因此，冒险违背事物自然发展规律、硬性扭曲动物的天性和想要改变他人自然秉性的事情就会经常在我们的视野中发生。

《高跟鞋》臆想

近日看见电视上说，澳大利亚某科学家统计：穿高跟鞋比例高的发达地区，女子罹患精神分裂症状的比例相对高很多。亚洲国家正处在向西方的生活方式学习、接轨的过程中，所以亚洲女子精神分裂疾病的发病率呈快速上升趋势。

朋友开玩笑说，老木你几年前写的那首短诗《高跟鞋》，不就是说人的精神被时尚商品扭曲的吗？现在咱中国的许多姐妹们"脑子进水"都是让你咒的。

玩笑归玩笑，却真是值得深思：

高跟鞋，一件很让女性头痛的玩意儿：穿上它吧，一点都不舒服，腰杆子打晃不算，脚、小腿、大腿、腰、腹部、胸部，甚至颈部到处紧张，没有一个地界得劲。不穿吧，市面上那么时兴，人家老老少少都穿，自己不穿，显见得就是村妞一派，尤其在"场合"上，档次怎么也无法与人家相比。特别是到了"场合"之上，穿与不穿还有了对别人尊重与不尊重的是非。尽管下了"场合"，上了马路牙子就有打赤脚拎着鞋走路的……

高跟鞋穿上不舒服还不算，乍脱下来还是难过：走路像个小脚妇女，摔得脚后跟噔噔作响。让人想起童谣："小脚大娘们，走路噔噔地，放屁腾腾的……"

仔细想来，高跟鞋所以流行，所以成为这样久"让人受罪"的时尚，是它的功能造成的：除了垫高了女子的身体，显得腿长性感之外，穿上这劳什子，还会根据鞋跟的不同高度让正常的身体前倾十五到四十五度。当然，不能用弯腰的办法去就和身体的平衡——那样高跟鞋就成了"撅屁股鞋"。

女人要想顺顺当当地站在那"斜坡"上面，由不得你就要用前脚掌用力支撑，脚趾下钩，绷紧小腿肚子，股四头肌肉带动大腿收紧，紧裆提胯……腰部以上俨然一派淑女风范或职业女性作风。如此可见，高跟鞋这东西虽然让女人受够了罪，却也着实满足了女子内求浪漫、外显端庄两种心态的需求。所以女人们如同对待出轨的丈夫，对它又痛恨又喜爱，受罪又不忍心放弃。又如同对待那怪里怪气的小小"皮帽子"，讨厌它的掺和，又永远不能没有它。

女人们说："穿高跟鞋比不穿美。"由此，高跟鞋的意义又从实际的作用，转移到女人爱美的天性上来。都说爱美是女人的天性，可是没见谁说为什么爱美会成为女人天性的。

很多女人说，爱美是自己内心的需要，没有男人的女人也一样爱美，自己美得舒服、美得自在！

真是这样吗？说到底，女人爱美是美给异性看的。如果女人都是首先为了自己而美，当年李清照为什么会吟出"日晚倦梳头"呢？"女为悦己者容"又怎么解释呢？出门上妆、回家卸妆又是为了什么呢？

用自己的容貌、外表、颜色、声音、肌肤色泽、身体气味吸引异性,是所有动物天然就会的把戏。女人们虽然可能意识不到自己的化妆、服饰、笑靥、香水……与野鸭子发情时会大声呱呱乱叫一样,是为了吸引异性。但是,当女人们已经有了孙辈、自己几乎没了性别的时候,都会一脸本色地拍着身上老旧衣服上的尘土说:"老了,还打扮个什么劲!"可见女性爱美的真实用意在哪里了。

说完上述的话可能要小心挨板砖了。不是女人的板砖,而是女人用姿色征服了或即将征服的男人们的板砖。因为男人们是喜欢被女性"征服"(主要是被她们的姿色征服)的,所以美丽的女子身边总是有很多等待着"被征服"的对象。这也就是姿色稍逊的女子需要乔装打扮来改善自己容貌的"不利地位"的动力了。于是为了吸引更多的"希望被征服"的异性,女人们便"自觉"把爱美与本性永远"牢不可破"地结合到了一起。

可笑的是,男人们起先总是先以祈求自己被征服的面目出现,而最后糊里糊涂、自然而然地变成了征服者,完成一个从"奴隶到将军"的蜕变。"原来你可不是这样子的!"女人们永远不能理解也不愿意接受这不可违拗的"历史规律"。

高跟鞋是一种形式上美化女子,而根本上残害女人的玩意儿。因为女人需要用这种残酷"刑罚"换来的美来完成本能的需要,所以它成为被扭曲着灵魂的女性们不得不去"爱戴"的东西。这种扭曲,是我们自己创造的文化和文明,以时尚、道德的名义,长期、毫不妥协地压迫生命本原需要的一个缩影。这种毫不留情的全面文化压迫,使得生命越来越难以承受。所以,高跟鞋泛滥的"高文明"地区,必然会理所应当地出现比别的地区多的,被扭曲得过了头、因无法承载而"发了疯"的女子。

高跟鞋只是压沉了那些生命之船的众多时尚稻草之一。

还是用那首短诗做个结尾：

《高跟鞋》

脚

辛苦地在"斜面"上

寻找重心

放松下来

又丢掉了既有的平衡

究竟是

心

需要那样的高度

还是

鞋

抽走了脚的灵魂

奥赫里德的春天

四月的天气说要暖和，一下就从穿毛呢大衣的季节变到了姑娘们穿短裙的时候。

我们欧洲华文媒体协会"一带一路"中东欧采访团一行六人，在完成斯洛文尼亚、克罗地亚、塞尔维亚、科索沃四个国家和地区的采访后，于去往"欧洲的社会主义明灯"的阿尔巴尼亚途中，来到了马其顿、阿尔巴尼亚、希腊三国交界的奥赫里德湖畔。

马其顿的好友帮我们预订的五星级酒店，在奥赫里德镇湖湾北岸东侧一个三面环水的半岛上，酒店南北走向，紧挨着湖边。临湖一面的房间正好一窗湖景。

四月初，酒店的周围满是绿树鲜花，气韵宜人。更有面对湖水、雪山的房间。坐在房间里面，湖山景色尽收眼底，感觉真的像是画中的神仙一般。这里不仅空气好、景观美、居住舒服，更让人意想不到的是，五星级的酒店，一个房间每晚竟只有28欧元！

办完了入住手续，我们一行来到酒店临湖的露台上小憩赏景。微风从湖面吹来，没有一点水腥味，与周围松林的气息融合在一起，形成沁人心脾的"氧吧"，让人顿觉身心愉悦、神清气爽。六个人围坐在湖边露台上的小桌旁，在温暖的阳光下等着服务员送来卡布其诺的时候，纷纷感叹奥赫里德湖景色的秀美和酒店的价格便宜得不可思议。感觉自己很像七八十年代回中国的华侨或华裔，花自己看起来不多的一点小钱，就不怕"腐败"地享受"高消费"了。

服务员端上来卡布其诺，不但杯子够大，而且味道纯正、香甜如饴。六杯卡布其诺连小费才不到六欧元。这种价格与欧洲相比，便宜得令人咂舌，若与国内垄断价格下形成的动不动就三五十元钱（五至七欧元）一杯的"天价咖啡"相比，简直就便宜得令人难以想象！

当我们驱车到达三公里外的奥赫里德小镇的时候太阳已经偏西。流连在樱花满枝、树影婆娑的湖边花园里，沐浴在仲春的阳光和微风中，洁净、恬然的环境让每一个人的生命节奏都不由得慢了下来，随即在心中发出由衷的赞叹——太美了！

奥赫里德湖是马其顿最著名的旅游胜地，也是东南欧最漂亮、最大的天然雪山湖泊之一。来之前，听了从不虚夸张扬的王敢团长赞不绝口的描述，我们就对神秘的奥赫里德湖的美丽预先做了足够的"心理准备"，而当我们真的走近它的时候，还是被它"养在深闺人未识"的令人震撼的美丽所折服。在眼下的仲春季节，充沛阳光下的奥赫里德湖犹如睡足醒来的孩子，一脸惬意、满心喜乐。

头顶上，天空像一整块蓝宝石般蓝得透明清亮；湖周围万物复苏着的绿色湖岸，满目生机，一片葱茏；近旁有过冬后深绿色的松柏和挂满新绿的落叶树；靠山丘的岸边，有一片片淡黄的芦苇；对岸起伏的黛色远山朦朦胧胧地连在一起；远山后面的更高处，还有满是皑皑白雪的山峰……

在绿地蓝天的映照下，奥赫里德清澈见底的湖水蓝中含绿，绿中盈蓝。蓝绿相融处，湖水把天地的精华融汇在一起，把一种不宜形容的发自内心的愉悦带给游人。让原来一直让人难以理解的"春来江水绿如蓝"的诗句，有了令人信服的注解。

缓慢行驶于湖中的小小游艇上，极目远眺：春日里和煦的清风，把湖面吹得微微皱起，在日渐西斜、色调渐暖的阳光下反射着星星点点的精灵似的神秘光斑。缓缓的春风里，荡漾着春色的湖水，波光粼粼，含情脉脉，好像灿若桃花的女孩，临风挽发，万般柔情。

奥赫里德小镇的湖湾西侧，陡峭的石崖下，是枯黄的芦苇。石崖之上，被鹅黄色垂柳掩映的小山丘上，隐隐约约地掩藏着千百年前建造的东正教小教堂。它后面，是另一个大一些的。如今，经过整旧如旧的修葺，它们正古色古香地沐浴在夕阳的侧光下，以明暗鲜明的立体形象陈列在游人面前。

史料显示：一零八三年，波希蒙德一世率领他的意大利诺曼军队占领了这座城市。把保加利亚的东正教教区降级为奥赫里德教区所辖的下一级教区，奥赫里德成了新的大教区的所在地，其牧首则始终由希腊派人来担任。从那时起，也就是从十一世纪到十八世纪，奥赫里德城中的圣索非亚教堂一直都是马其顿整个教区的主教堂，位于君士坦丁堡牧首的权威之下，有着几百年的显赫地位。作为东正教主教所在的中心，奥赫里德在公元九世纪还建立了第一所斯拉夫大学。眼前山上的两个教堂就建成于那个时期。

夕阳落山之前，我们来到了至少始建于公元前二世纪，一九八二年被收入联合国教科文组织世界文化遗产名录的奥赫里德古城山上的老城区。这里本是一个古堡遗址群。靠近湖边小一些的教堂名叫奥赫里德"圣约翰教堂"（Church of St John at Kaneo，Ohrid），一旁大一些的教堂是近些年在千年古代废墟遗址上复建的。名叫奥赫里德"圣潘泰莱蒙教堂"（St Panteleimon Monastery，Ohrid）。据资料考证，奥赫里德老城里的这两个东正教的教堂，为十一世纪到十八世纪马其顿教区最鼎盛时代的初期所建。是建在当时更古远的两千年之前的古迹（未知该古迹的时代和社会人文背景）之上的。两座教堂的建成时间距今已经大约九百年。

在原来教堂废墟的基础上又重新恢复建造的"圣潘泰莱蒙教堂"，是眼前两个教堂之中大一些的一个。因为新建不久，内部的陈设简单朴素。它周围其他的废墟仍静静地沉睡着。在夕阳光芒的照耀下，这些具有两千年阅历的石头以无声的语言，向每一位来者诉说着它所阅历的世事沧桑，证实着善恶报应与慈悲心怀的转世轮回。

站在四处布满废墟的"圣潘泰莱蒙教堂"旁，东望正走向现代繁荣的奥赫里德市，心中有种难以言表的感触：民族独立、民主自由，不是与社会的进步、发展、富裕、幸福形影相随的吗？八十年代，社会主义国家中最早与西方有密切接触，引入西方的社会理念，让人民率先得到"自由民主福利"的这个国家，为什么放缓了发展的脚步，被世界的快速发展远远地抛在身后？是什么让亚德里亚海的沙滩、海风，从以前普通老百姓都能拥有，变成了如今只有有钱人才能有尽情享受的权利？平等的自由民主制度为什么会比原来人与人的贫富差距拉大而不是缩小？

太阳落山后，天气很快凉了下来，我们气喘吁吁，吃力地走在奥赫里德老城中又长又陡的石阶上，心里的疑问也越来越沉重：我们人类需要的究竟是什么？如果是公平、尊严、快乐与幸福，难道只有资本主义的民主自由一条道路吗？原南联盟地区、马其顿等国的十年动乱，二十年经济发展停顿……我们中国还要再走一遍南联盟走过的、令人唏嘘又惋惜的道路吗？

夜深了，湖上的风渐渐大了起来。远远近近的浪花不断先后拍击着湖岸，传来"哗啦——哗啦"陆陆续续的喧哗声。这几天深印在脑海中的疑问加上对眼下"民主自由"激进声浪甚嚣尘上的祖国的担心，我久久难以入睡。于是想起昨天傍晚向我们推荐自己家庭旅店的老者。从他四十万欧元的整个房价和十五欧元一间住房的价格来分析，这里旅游产业的投入产出比例（大约三十年收回投入）根本吸引不到投资者。可见这里经济形势是如何严峻……

第二天早晨，我来到房间朝西的露台上再次眺望薄雾中的奥赫里德湖。风停了，晨曦中，湖水依旧湛蓝清澈。没有了好似杂乱却自有节律的拍岸声，隐去了昨日艳阳下的透亮和艳丽，却有了另一种令人着迷的沉稳与安闲。湖面上氤氲升起的薄薄雾气里，山水园田、屋宇街衢，似乎都飘浮在云雾之中，让这片瑶台仙境般的土地越发缥缈神秘起来。

一缕阳光越过东边的山头落在湖北岸高处的一些建筑上。这一抹鲜明的亮色，让整个湖湾充满了生机和希望。只是远远地听不见那里的鸡鸣狗叫，车马人声。

马其顿已经走出了三十年踌躇的噩梦。它正在苏醒。